Marcela Bastos

Contos de Mel

1ª Edição
Fortaleza, 2021

EDITORA
CeNE

Edição Edmilson Alves Júnior, Igor Alves, Irenice Martins

Coordenação Geral Jordana Carneiro

Revisão Rebecca Cunha, Kamile Girão, Ana Luiza Silva

Projeto Gráfico e Diagramação Diego Barros

Ilustração de Capa e Internas Rômulo Isis Cavalcante

Audiodescritora Roteirista Alexandra Frazão Seoane

Audiodescritora Consultora Neyara Rebeca Barroso Lima

Narração Daniel Neves

Papel de miolo OffSet Imune 90g/m²

Papel de capa Cartão C2 imune 250g/m²

Impressão Gráfica Pouchain Impressos

Ficha catalográfica elaborada pela Bibliotecária Rafaela Pereira de Carvalho CRB - 1506

B327c Bastos, Marcela.

Contos de Mel: aprendizados e contos de uma maternidade atípica / Marcela Bastos; ilustrador Rômulo Isis Cavalcante. - Fortaleza: CeNE, 2021.

128p. : il. Color. ; 15x22cm.

ISBN: 978-65-89418-00-9

Maternidade. 2. História de Vida. 3. Pessoas com Deficiência.

4. Crianças Especiais. 5. Integração. I. Cavalcante, Rômulo Isis. II. Título.

I. Título.

CDD 306.87

Edição Conforme o Novo Acordo Ortográfico da Língua Portuguesa
Dados Internacionais de Catalogação na Publicação (CIP)

---

facebook.com/editoracene

@editoracene

85 99730.0273

comercial@editoracene.com.br

EDITORA CeNE

Av. Santos Dumont, 1343 - Loja 4 - Centro
Fortaleza - CE - CEP 60.150.161
www.editoracene.com.br / (85) 2181.6610

À minha filha Mel, por ensinar sobre força e me tornar uma pessoa melhor, mais atenta aos anseios alheios. Por mostrar que a beleza do coração e do sentir são superiores aos demais sentidos. Por ser o cheirinho mais prazeroso ao meu olfato. Por ser a minha busca constante de fé. Por me fazer ressignificar tantos conceitos e valorizar a simplicidade de uma forma tão intensa. E, enfim, por ser a minha maior inspiração na escrita deste livro, que foi elaborado com muito amor.

“Caminhando viu Jesus um cego de nascença. Os seus discípulos indagaram dele: “Mestre, quem pecou, este homem ou os seus pais, para que nascesse cego?” Jesus respondeu: “Nem este pecou e nem seus pais, mas é necessário que nele se manifestem as obras de Deus.” **(João 9, 1-3)**

Apresentação

Era uma vez, em uma família talvez muito parecida com a sua, um casal que esperava ansiosamente pelo primeiro filho. Uma menina, que se chamaria Melina. Com muito amor tudo foi preparado para sua chegada, mas o destino trouxe uma reviravolta inesperada. A Mel veio ao mundo com deficiência nos olhinhos, ouvidos e boca. Por ela, seus pais enfrentaram gigantescos dragões, aprenderam lições valiosas e transformaram essa história em algo memorável, digna de ser contado em um livro.

Eis então os Contos de Mel. Aqui, você poderá acompanhar parte dessa linda jornada em textos carregados de emoção (e doçura), escritos pela mamãe da Melina durante o primeiro ano de uma maternidade atípica.

Diz a lenda que, cada um dos contos deste livro tem um encantamento especial, capaz de tocar quem o lê profundamente. Uma leitura inspiradora sobre fé, descobertas e, sobretudo, amor. Muito amor.

Márcio Bastos,
"tio da Mel".

Sumário

Prefácio

Conheci a história da Mel muito antes da mãe dela saber quem eu era, através de uma amiga em comum que me contou os anseios que o jovem casal estava passando com o nascimento de sua filhinha. Fiquei muito emocionada, afinal, como mãe foi impossível não sentir empatia por essa família. Logo, sem nem saber, eles se tornaram pessoas queridas por mim, e eu estava à espreita torcendo por cada avanço dessa pequena guerreira tão especial, parecia que possuíamos algum tipo de vínculo invisível, que hoje se tornou real com a sutil forma que me aproximei de sua mãe, oportunidade esta que me trouxe até essas linhas.

Os Contos de Mel são a narrativa poética de uma história de luta e glória, um testemunho de fé profundamente emocionante que consegue tocar o leitor a cada palavra. Embora os contos sejam de Mel, não podemos deixar de exaltar a jornada singular de amadurecimento de sua mãe, uma mulher que, imersa em suas fragilidades, conseguiu renascer de um terreno adverso, assim como nasce uma flor de lótus. Em suas descrições, conseguimos nos sentir parte de cada contexto, desde a angústia dos primeiros exames gestacionais, o puerpério atípico, a luta por um diagnóstico, as extenuantes terapias e o reencontro com a felicidade. Marcela narra a mulher, mãe, guerreira, leoa, fênix, capaz de tudo pelos seus. Ela apresenta o maternar real, que muito nos encanta por suas perfeitas imperfeições.

Já dizia um provérbio africano, que é preciso uma aldeia para educar uma criança, e com a história de Mel conseguimos sentir a essência dessas palavras e a potência de uma rede de apoio. Encantamo-nos com a narrativa da tessitura desses laços de amor, os quais formaram uma tela de proteção e amparo para que a parentalidade e os cuidados com Mel pudessem transcorrer da melhor forma possível. Os Contos de Mel nos enchem de sentido e entendemos que a sua vida é um presente, um propósito e uma missão - são sementes de amor e transformação que inundam o olhar do leitor de esperança.

Manuella Bayma

Psicóloga infantojuvenil

Audiodescrição
disponível

Parte 1

Nossa história

MELINA NO FORNINHO

No dia 23 de outubro de 2018, acordei bem mais cedo do que de costume e percebi que não estava sangrando. Como minha menstruação era bem regular, já fiz o teste de gravidez de farmácia, que havia comprado e estava esperando o momento oportuno para a utilização. Pronto, com o primeiro pingo de urina, lá estava a minha confirmação em azul bem forte: "Grávida". Assim, transbordando de alegria, aguardei o Fabrício, meu marido, chegar do trabalho para contar a novidade. Era dia de plantão e ele não havia dormido em casa.

Voltar a dormir, enquanto esperava o mais novo papai, foi tarefa bastante difícil. O coração saltitante parecia ocupar um lugar maior dentro do corpo. Na verdade, já existiam dois corações batendo forte dentro de mim. Quando o papai chegou, contei a novidade e, emocionada, lembrei de toda a preparação para que aquele momento fosse concretizado. Foi tudo programado e aconteceu muito rápido, como se a minha menina estivesse só aguardando o melhor momento para vir ao mundo.

Tomei anticoncepcional até março do mesmo ano e me preocupei em fazer um check-up das vacinas antes da gestação, além de iniciar o ácido fólico; já preparando meu corpo para o novo ser que uma hora seria implantado no meu útero. A minha última menstruação aconteceu no dia 24 de setembro de 2018 e a Melina foi gerada, exatamente, no dia 6 de outubro do mesmo ano.

Passada a emoção da descoberta, preocupei-me em procurar uma obstetra competente para acompanhar toda a gestação.

Além da médica, providenciei logo um diário da gravidez para escrever todas as consultas, prescrições médicas, alterações no corpo e até sentimentos; não deixando que nada passasse sem que estivesse documentado.

É algo perceptível: além de organizada, sempre procurei manter controle das coisas à minha volta, mas, em um futuro bem próximo, Deus me mostraria que Ele é o Senhor de tudo e eu, inocente, não teria domínio de nada, só me restando a entrega em Seus braços.

Na primeira consulta com a médica escolhida para acompanhar a minha gravidez, já me informei do melhor repelente a ser usado, quais os cosméticos que deveriam ser aposentados, a alimentação que deveria ser evitada e as vitaminas necessárias para o período gestacional.

No início da gravidez, tive muitos enjoos, ao ponto de, em alguns dias, não conseguir fazer uma refeição sem que vomitasse. Precisei, para controlar os terríveis enjoos, tomar remédios de 12 em 12 horas até a 14ª semana de gravidez.

No primeiro ultrassom, realizado no dia 9 de novembro de 2018, com 6 semanas e 4 dias de gestação, lembro da emoção ao escutar o coração do bebê bater. Assim que cheguei em casa, com receio de deixar aquele sentimento especial se esvair no tempo, corri, peguei um papel e uma caneta, e escrevi:

> *“Dormi com um coração e acordei com dois corações. Eu, antes acostumada a ter só um coração, acordei com dois corações batendo dentro de mim. Que louco! Um deles, com o batimento acelerado por saber que o outro chegou. O outro, com batidinhas leves, que aumentam com o passar das horas e dos dias. Os dois com uma palma de distância um do outro, bombeados dentro do mesmo ser e alimentados no mesmo compasso. Que incrível! Tenho mais um coração e o anúncio é de Deus: “há uma vida chegando... Agora, mamãe, você não é mais só uma. Você é ‘dois corações’.*

Por enquanto, mamãe, são dois corações dentro. Após 9 meses, um deles estará fora, mas saiba que o de dentro nunca mais será igual e nem estará sozinho. Como uma mágica, mamãe, após o contato com o outro, o seu coração sempre baterá por dois."

As primeiras apostas eram de que seria uma menina, mas, logo depois, as pessoas começaram a ficar divididas sobre os palpites acerca do gênero do bebê, falando sobre a possibilidade de ser um menino. Eu e meu marido acreditávamos que seria um menino, o Miguel. Confesso que, por querer tanto uma menina, "coloquei dentro da minha cabeça" que seria um menininho, para me "preparar", já com receio de, não sendo, ficar frustrada. Assim, seria mais fácil receber a notícia da gestação de uma criança do gênero masculino, não é?

De vez em quando, eu brincava de controlar meu próprio cérebro (risos). Além disso, o bom dessa "crença" foi a escolha pelo nome Miguel, que gerou uma devoção ao Arcanjo São Miguel, o que nos fez enchê-lo de pedidos de proteção e o nosso lar de muitas orações.

No dia 21 de dezembro de 2018, com 12 semanas e 4 dias, a grande e emocionante notícia: era uma menina, nossa Melina. Junto com a felicidade de saber que seria uma menina, veio a informação de uma pequena alteração no exame da translucência nucal, que é o exame que mede a região da nuca do feto, e estima o risco de alguma malformação ou doença genética. O considerado normal nos parâmetros do Brasil é até 2,5mm e, na Melina, media 2,7mm, mostrando a existência de líquido em quantidade maior que o padrão. O médico ultrassonografista nos acalentou, explicando que a alteração era pequena e que podia ser uma simples infecção minha que tivesse gerado a diferença. Além disso, tranquilizou os nossos corações informando que síndromes geram valores bem altos, geralmente marcando mais de 4,0mm. Mesmo assim, após conversar com a médica obstetra, resolvemos que eu faria um exame chamado NIPT (do inglês,

Non-Invasive Prenatal Testing), que avalia o material genético do feto, e verifica a real probabilidade da criança apresentar alguma síndrome.

Lembro que fiz o exame no dia 2 de janeiro de 2019 e passamos todo o mês em constantes orações, fizemos promessas e teve muito joelho no chão. Minha família sempre dizia que tudo ia ficar bem, que o exame daria negativo para síndromes, tudo na tentativa de me acalmar. Minha mãe, irmã e cunhadas, especialmente, foram conforto para os meus dias de dúvidas e angústias, mas, depois do resultado, fiquei sabendo que estavam tão angustiadas quanto eu e meu marido. O resultado do exame chegou através do meu cunhado, Omar, que olhava todos os dias na internet, no site do laboratório, se já havia saído e, para a nossa felicidade, deu "baixo risco para síndromes", o que nos deixou tranquilos.

Ufa! A inquietação passou, principalmente quando a médica obstetra disse que o resultado de "baixo risco" era como 1% de chance de alguma síndrome no bebê, o que seria bem difícil de acontecer.

No entanto, a nossa alegria durou pouco tempo. Logo no exame de ultrassom seguinte, chamado morfológico, que ajuda a detectar problemas no desenvolvimento do bebê, foi evidenciada medida ocular abaixo do considerado normal e, por sugestão da obstetra, repetimos o exame com um médico ultrassonografista especialista em problemas fetais.

Assim, com a realização de um novo ultrassom, foi confirmada a microftalmia bilateral - que é essa condição dos olhos serem menores do considerado padrão -, e também encontrado um apêndice pré-auricular direito, uma espécie de excesso de pele, com semelhança de um sinal saliente, localizado na frente da orelhinha, havendo, assim, suspeita de rim em ferradura, que é uma anomalia embrionária na fusão dos rins, o que foi descartado logo no ultrassom seguinte.

O médico ultrassonografista especialista, quando da análise das diferenças encontradas nos exames, não mediu as palavras ao informar que a nossa Melina poderia ter uma síndrome genética, acreditando ser TURNER, e sugerindo fazer um exame invasivo, conhecido por amniocentese, que retira uma amostra do líquido amniótico, que banha o feto, para análise mais detalhada acerca da composição genética. Eu e meu marido saímos do consultório arrasados, lembro que passei mal, minha pressão baixou e fiquei a ponto de desmaiar, sendo sustentada pelo meu marido no caminho para o carro.

Após muitas pesquisas e conversas, decidimos não fazer o exame invasivo, já que havia risco de aborto e, mesmo dando qualquer alteração, não haveria nada a fazer para reverter o quadro. Além da recusa em fazer o exame, passamos a realizar todos os outros ultrassons com o primeiro médico ultrassonografista que nos atendeu, que se mostrava mais humano na abordagem dos resultados e positivo quanto ao que esperar da formação da nossa bebê.

No entanto, cada ultrassom realizado era angustiante. Lembro que começava a ter dores de barriga nos dias anteriores às realizações dos exames, e, por duas ou três vezes, cheguei a ser atendida na emergência hospitalar para tomar soro. Assim, o restante da gravidez foi uma mistura de choros, angústias, dúvidas, orações, promessas, fé e Deus.

A minha relação com Nossa Senhora foi muito intensa durante toda a gestação. Tive um sonho bem real, em que Maria cobria a Melina com o Seu manto azul e, naquele momento, ela estava protegida de todo o mal externo. Nas minhas orações, eu sempre mentalizava Maria cobrindo a Melina e Deus, nosso Pai, pegando em cada pedacinho dela e moldando em inteira perfeição.

Consagrei a minha menina à Nossa Senhora. Todas as noites, ao retornar do trabalho, deitava no sofá da sala para sentir a barriga mexendo e colocava a música de consagração de Nossa Senhora. Cantava e mentalizava a entrega dos olhos, ouvidos e boca da Melina aos cuidados da nossa mãezinha, como na música: "Consagro a Ti meus olhos, meus ouvidos, minha boca..."

"Oh, Minha Senhora e também minha mãe
Eu me ofereço inteiramente todo a vós
E em prova da minha devoção, eu hoje vos dou meu coração
Consagro a vós meus olhos, meus ouvidos, minha boca
Tudo o que sou, desejo que a vós pertença
Incomparável mãe, guardai-me e defendei-me
Como filho e propriedade vossa, Amém
Como filho e propriedade vossa, Amém"

Não foi à toa que a primeira roupa que a Melina usou na maternidade foi da cor azul. Comprei um vestidinho com o manto azul, igual como no meu sonho, e diferente das outras meninas que vestem cor-de-rosa ou vermelho quando do nascimento.

Decidimos agendar o parto cesárea para o dia 24 de junho de 2019, segunda-feira, no exato dia em que a Melina faria 39 semanas. No dia anterior, almoçamos na casa dos meus pais e passamos o dia em família, recebendo muito amor e beijinhos na barriga. Quando do retorno para casa, pedi ao meu marido para passar na capelinha do Shalom, uma comunidade católica, para fazer uma oração e ir mais tranquila para a maternidade, pois já tinha que dar entrada naquela noite, dia 23 de junho de 2019.

Atendendo ao meu pedido, saímos da casa da minha mãe e fomos em direção à referida capelinha. Chegando lá, para minha surpresa, ela estava em reforma e era celebrada uma missa na parte externa, no exato momento do sermão, em que o padre falava sobre o evangelho de Mateus (7: 7-12):

"Pedi e recebereis; buscai e achareis; batei e vos será aberto. Porque todo aquele que pede, recebe; quem busca, acha; e quem bate, abrir-se-á!"

Comecei, então, a orar com muita fé. Fechei meus olhos, ajoelhei-me e pedi para que Deus enviasse um anjo para me acalmar, para dar uma resposta para todas as minhas angústias da gravidez, para que pudesse ir tranquila para a maternidade, sabendo que tudo ficaria bem. Eu encarei todas as pessoas que passavam por mim, na esperança de encontrar o meu "anjo anunciador" com a resposta que pedi a Deus. Ninguém falou comigo, ninguém trouxe a minha resposta. Saí da missa muito triste. No caminho de volta para casa, falei para Deus que estava chateada, que havia pedido durante toda a gravidez que Ele me desse uma resposta que acalmasse o meu coração e, naquele momento, já estava chegando a hora da Melina nascer e eu não sabia como seria, que o meu coração ainda estava angustiado.

No carro, meu marido Fabrício disse que teríamos que ir à casa da vizinha, D. Perpétua, deixar uma cópia da chave da nossa casa, para que entregasse à faxineira no dia seguinte. Eu, triste e ainda conversando com Deus, respondi rispidamente que já estava tarde e que deixaríamos a chave na portaria mesmo. Tão grande foi a nossa surpresa que, logo ao chegar em casa, a campainha tocou e era a D. Perpétua desejando um bom parto e trazendo um presente, uma caixa de mensagens. Ela me disse: "Nos momentos de angústias, vocês tiram uma mensagem e leem o que Deus quer dizer". Apressadamente, abri a caixa, fiz uma oração com o Fabrício e tiramos uma mensagem, que dizia:

> "*A confiança que depositamos Nele é esta: em Tudo quanto Lhe pedirmos, se for conforme à Sua vontade, Ele nos atenderá. E, se sabendo que Ele nos atende em tudo o quanto Lhe pedirmos, sabemos daí que já recebemos o que pedimos*" (1 São João 5, 14-15).

Essa frase está colada na geladeira da nossa casa e, até hoje, sempre que leio e recordo do que aconteceu, fico emocionada. Não havia dúvidas: Deus mandou o anjo e a resposta que tanto implorei. Ali, naquele momento, senti-me segura para ir ao hospital. Pegamos as bolsas e seguimos para a maternidade.

Existe coincidência assim? Duas mensagens com o mesmo significado, sobre fé no que se pede e a realização do pedido, conforme a vontade de Deus? Passei a noite e a madrugada inteira, já na maternidade, agradecendo: "Obrigada, meu Pai, por ter uma filha perfeita e saudável". Essa frase já era um mantra na minha cabeça. Era capaz de alguém se encontrar comigo no meio da rua, dizer "Oi" e eu responder: "Obrigada, meu Pai, por ter uma filha perfeita e saudável". Era a frase que não saía da minha cabeça, no trânsito, tomando banho, comendo, assistindo televisão, lá estava: "Obrigada, meu Pai, por ter uma filha perfeita e saudável".

Durante a gravidez, além de mentalizar o meu mantra, criei o hábito de rezar os terços todas as noites e, muitas vezes, eu já rezava agradecendo a Deus e a Nossa Senhora, como se já tivesse recebido a graça que tanto pedia. Lembro também de pedir intercessão da minha querida e forte Vivi, prima que faleceu de câncer em 2018, e também da minha avó, que sempre foi uma mulher de muita fé e Deus no coração.

O PARTO

O parto estava agendado para às 5h do dia 24 de junho de 2019 e Melina chegou ao mundo às 5h29min. Posso utilizar a expressão: "vivi o céu e o inferno ao mesmo tempo". O céu era toda a expectativa de ter minha filha em meus braços, de pegar, de beijar e poder tirar todas as dúvidas do meu coração. O inferno foi o parto em si e a realidade que me deparei, que, naquele momento, eu não me sentia preparada. Meu coração dói só em trazer à memória o momento do parto, mas, vamos lá.

Lembro da sala do parto muito gelada e dos procedimentos iniciarem antes da chegada do meu marido. Eu falava para o médico anestesiologista que, mesmo com a anestesia, ainda estava sentindo as minhas pernas. Recordo bem que tremia muito, com receio de começarem a me cortar e eu ainda sentir dor. Fabrício entrou na sala, ficou ao meu lado esquerdo, em pé. Olhei para o seu rosto pálido e perguntei: "Já começaram?" Ele balançou a cabeça dizendo que sim. Mas como? Não levantaram o pano para tapar a nossa visão. Eu conseguia ver o que acontecia através do semblante do Fabrício e do reflexo da luminária em cima da maca. O nervosismo tomou conta de mim e o anestesiologista injetava mais substâncias para me acalmar. Meu marido dizia para ter calma, mas, ao apertar as minhas mãos, sentia a tremedeira das mãos dele. Foi então que Melina nasceu. Eu repetia muitas palavras (que não recordo), a maioria eram questionamentos sobre como ela era e, principalmente, se estava tudo bem com a minha menina.

Ao olhar para o meu marido, via um semblante angustiado, bastante pálido, e os olhos marejados. Ninguém me respondia. A última coisa que recordo de dentro da sala de parto foi a pediatra neonatal, a competente Dra. Tatiana Fontenele, perguntando: "Cadê os exames do pré-natal?". Acredito que aumentaram a dose da anestesia e eu adormeci.

Ao despertar, no quarto, estava cercada de semblantes chorosos, porém amorosos. Não lembro de muita coisa, apenas que recebi a Melina nos braços e a pediatra, com uma lista de médicos que eu deveria visitar ao sair dali, disse: "Sua filha nasceu com problema nos olhos, ouvidos e boca". Foi exatamente essa frase e nessa ordem: "olhos, ouvidos e boca". Na mesma hora, veio à minha cabeça a música de Nossa Senhora, que eu cantei durante toda a gravidez para ela: "Entrego a Ti meus olhos, meus ouvidos, minha boca...".

Meus ouvidos fecharam para todo o resto da fala da pediatra e, por um tempo, meu coração estava calmo. Não podia ser coincidência! Eu entreguei os olhos, ouvidos e boca da Melina à Nossa Senhora, cantava a música com fervor, imaginava esses pontos do rosto da minha filha sendo tocados. Como podia? Coincidência? Será que existe coincidência desse nível?

A médica me deu uma lista de médicos que deveríamos visitar ao sair do hospital, nas especialidades otorrino, oftalmologista, buco-maxilar e geneticista. Também informou sobre os exames que seriam realizados ainda no hospital, durante a nossa estadia, que eu solicitei que fosse prorrogada por mais um dia, para adquirir conhecimentos sobre amamentação com as enfermeiras.

Após reflexão, percebi que o meu pedido para aumentar o tempo dentro do hospital, com o argumento de que precisaria do auxílio das enfermeiras, foi, na verdade, uma desculpa, ou melhor, medo de retornar ao lar com uma bebê que estava fora de todos os planos e sonhos de uma vida. Era um misto de alegria e medo, muito medo!

No primeiro dia dentro do hospital, levantei-me da cama e fui ao banheiro naturalmente, sob olhares que não compreendiam de onde vinha aquela força física, que não acreditavam que era possível caminhar ereta após uma cirurgia cesárea. Na verdade, não era excesso de força física, tratava-se de excesso de dor emocional. Eu me sentia destruída. Na verdade, nem sei se "destruída" era a palavra que cabia naquele momento; às vezes parecia que apenas respirava, sem pensamentos, na ausência de sentimentos.

Quando colocavam a Melina em meus braços, em meus seios, corpo com corpo, eu via o antagonismo entre a fragilidade de um recém-nascido e a fortaleza de um ser que já nasce vencedor. Minha Mel sempre teve o melhor cheiro do mundo e um jeito gostoso de aninhar o corpinho no meu, dando e recebendo calor. Ela sempre foi quentinha e de mãozinhas firmes. Melina sugou o leite dos meus seios desde o primeiro dia de vida, apesar da fenda no palato e, lógico, com a ajuda das enfermeiras que a colocavam em meu colo na melhor posição para que ela conseguisse ser alimentada. Tinha toda uma preparação da Mel em posição sentada, meus dedos estimulando os meus seios e os pezinhos dela ao mesmo tempo. Dormia, acordava, encontrava os seios e sugava, saia da posição, recomeçava, sugava, não sugava. Ciclo que se repetia incontáveis vezes. Lembro de uma das enfermeiras dizer: "Mãezinha, sua filha é muito esperta, nem todos fazem isso no primeiro dia de vida, mas tem que ficar estimulando sempre. A maior parte do seu dia tem que ser nessa posição, ajudando o trabalho dela aí". E eu questionava em pensamento: "como vou passar o dia na amamentação, se já existe uma lista enorme de tantos médicos e exames?".

Não foi só peito, longe disso. Melina recebeu complemento de colherzinha desde o primeiro dia. Naquele estado emocional, esse foi o menor dos problemas para mim, apesar de não ter sido o idealizado durante toda a gestação. Eu estava apática, não conversei com ninguém no celular, não postei fotos nas redes sociais e não falei sobre o assunto com muitas pessoas.

Recebemos diversas visitas no hospital, mas, com toda certeza, bem menos do que receberíamos se a Melina não tivesse apresentado as malformações e se não estivéssemos tão assustados e machucados. As pessoas ficavam sabendo das deficiências através da nossa família: a Melissa, minha irmã, ficou incumbida de atualizar as pessoas do lado da minha família e a Jamile, irmã do meu marido, recebeu a mesma incumbência para a parte da nossa família do lado dele. Nós estávamos sem condições de fazer esse papel.

Eu e Fabrício não falávamos muito, parecia que estávamos em outro mundo, sem raciocínio e ciência do que estava acontecendo ali. Algumas pessoas ainda insistiam em entrar em contato direto conosco e fazer perguntas que a gente não sabia, e nem queria, responder naquele momento. Era certo: precisávamos de um tempo para assimilar tudo o que estava acontecendo de novo.

No hospital, entravam pessoas e saíam do quarto, alguns sem saber de nada, outros já chegavam com olhos arregalados ou cheios de lágrimas.

Minhas mãe e irmã não saíram do nosso lado, sempre conversando, confortando, falando de coisas boas. Meu cunhado

Omar tomou a frente e começou a marcar as consultas, lá mesmo no hospital. Ele informava o que a Melina tinha e pedia para ser encaixada com a maior brevidade possível nos atendimentos médicos. Meus sogros estavam presentes e também foram força naquele momento difícil. Meu pai, irmãos e a cunhada Wanessa sempre traziam sorrisos. Minhas tias, irmãs da minha mãe, revezavam-se no quarto; sempre havia uma por lá, sendo ombro para o choro e contando piadas, possibilitando alguns pequenos momentos de boas gargalhadas.

OS LARES E O DIAGNÓSTICO

Chegou o momento de ir para casa e, após algumas conversas, ficou decidido que o melhor seria ir para a casa da minha mãe, vovó Noemi. Não recordo de opinar sobre o assunto, não estava raciocinando muito bem naqueles dias, parecia que agia no embalo das decisões alheias.

Saímos da maternidade no dia 27 de junho de 2019 e, no mesmo dia à tarde, já estávamos na primeira consulta da Melina com o oftalmologista Dr. João Crispim, indicação da pediatra neonatologista. Por coincidência, era marido de minha antiga psicóloga e grande amiga da minha irmã, a queridíssima Lyana Aragão, o que facilitou o encaixe em sua agenda de forma célere.

A passagem na casa da minha mãe foi rápida, apenas o tempo de tomar um banho e trocar a roupa do hospital. Seguimos para a referida consulta. Lá, o médico, muito atencioso, informou que o caso da Melina era bastante peculiar e havia uma médica especialista em microftalmia (olhos pequenos) e problemas oftalmológicos mais complexos, como aqueles apresentados por ela. Assim, ele nos encaminhou para outra médica, a competente e experiente Dra. Islane Verçosa, e, além disso, possibilitou a realização do primeiro ultrassom dos olhinhos da Melina lá mesmo na clínica.

Se eu tivesse que apontar o momento mais marcante para mim desde o nascimento da minha filha, diria que foi a realização do primeiro exame de ultrassom em seus olhos. No exame, segurava a Melina em meus braços, minhas lágrimas não paravam de escorrer e molhar o seu corpinho. Ela, ali, tão pequena e frágil, sendo submetida a um exame tão bruto, em que o médico "enfiava" um aparelho em seus olhos, manuseando de um lado para o outro, na tentativa de ver pelo monitor as partes dos seus olhinhos. A imagem não aparecia de forma fácil e então mais força era empregada. Eu, recém-mãe, imaginava a dor da minha filha e exprimia um choro cheio de gemidos, no mesmo instante em que sentia o sangue escorrer entre as minhas pernas e sujar toda a minha roupa. Nesse momento, percebi uma mãozinha apertar fortemente os meus dedos: era a minha menina, que me consolava na dor. Naquele exato instante, senti que teria que me fortalecer por ela, *para* ela. Eu senti que, a partir dali, deveria ser eu a segurar forte as mãozinhas dela, tão pequenas e já cheias de firmeza.

Retornamos para a casa da minha mãe e, a cada hora que passava, mais a "romantização" da maternidade e todos os sonhos construídos desde a infância se esvaiam. O primeiro banho da Mel na banheira resultou em água jorrada na cama, que escorria pelo piso inundando todo o quarto. Tudo foi improvisado e, apesar da boa vontade e do acolhimento exemplar dos meus pais, sentíamos falta da nossa casa, cantinho que foi todo organizado e construído durante a gestação para receber a minha filha.

O quartinho da Melina foi decorado com simplicidade, mas com todo o carinho de quem espera o maior amor da vida. Estava lá desabitado, como o meu ventre, como eu! Foi um quartinho que não vivenciou as primeiras trocas de fraldas, o primeiro soninho, que, enfim, nada recebeu primariamente. Eu sentia meu corpo vazio, o coração oco e os pensamentos não estavam nos melhores dias, transitavam de um lado para o outro da cabeça, sem que eu conseguisse percebê-los ou raciociná-los.

Pelo contrário, havia gatilhos que levavam constantemente ao desabrochar de dores e choros. Era a água que jorrava da banheira, ou a falta que fazia a pomada comprada durante a gravidez, a ausência de um lugar específico para trocar as fraldas, qualquer pequena coisa era capaz de lembrar que a realidade estava diferente de todos os planos idealizados.

Ao abrir a mala da maternidade, deparava-me com o brinco que seria colocado na orelhinha da Mel durante a estadia no hospital, presente da cunhada Jamile, mas, devido à malformação apresentada na orelha, optamos por não usá-lo naquele momento, ou melhor, não seria mentira afirmar que sequer lembramos da existência do brinco. O que antes era de extrema importância, foi perdendo todo o sentido no transcorrer das dores que se apresentavam em meu ser. Teve também o conjunto de mamadeiras, presente da querida cunhada Wanessa, escolhido após tantas leituras e análises de vídeos na internet, que eram anticólicas, antirrefluxos e autoesterilizáveis, de marca conceituada no mercado, mas, devido à presença da fenda palatina na Mel, não foi possível a utilização e tivemos que providenciar mamadeiras específicas e mais aconselhadas pelas fonoaudiólogas.

Os laços de cabelo foram comprados em todas as cores, o que fazia meu marido falar durante a gravidez, em tom de brincadeira: “Meu amor, quantas cabeças vai ter a nossa filha?”. Eu ria e dizia que ela teria apenas uma, mas que usaria todos os laços, que combinariam com cada cor de roupa que estivesse vestindo. Ledo engano! A Mel teve todos os seus laços permutados pela “headband”, que é a faixa para acoplar o aparelho auditivo.

Deparava-me com toda a minha impotência diante das questões apresentadas pela minha filha. O brinco, o conjunto das mamadeiras e todos os laços foram irrisórios diante de toda a desconstrução de um sonho. Era mais que isso, minha vontade não era capaz de evitar exames e terapias, de trazer diagnósticos, de diminuir as dores e os incômodos que sentia com tudo o que estávamos vivendo. Não sabia sobre a audição da minha filha, sobre a visão, sobre o que a fenda palatina podia trazer de sequelas ou se ela apresentava outras malformações imperceptíveis visualmente.

Eram dúvidas, incertezas e angústias. Em contrapartida, teve muita oração e busca de fé. Eu sabia que não podia paralisar, mesmo diante de toda a dor. Acreditando que não tinha opção, a não ser clamar dia e noite pelo nosso Deus, pensava: "Se Deus é amor, Ele não mandou a minha filha assim para eu sofrer. Em algum lugar tem felicidade para encontrar". Pedia que Deus me fortalecesse: "Pai, se Tu me deste a Mel com as questões que ela apresentou, dai-me firmeza para seguir, não me permite fraquejar". Eu sabia que tinha sobre os meus cuidados a minha filha, o ser mais esperado e mais precioso aos meus olhos.

Voltava, então, a memória da minha crença num propósito divino, a certeza que eu tive com todas as "coincidências" (as aspas são apenas para dizer que eu não acredito que seja uma coincidência) até então, em especial da música que eu cantava para a Mel na gravidez, de Consagração de Nossa Senhora, e as malformações, que foram diagnosticadas nos mesmos locais: olhos, ouvidos e boca. Assim, sentia-me mais forte até a próxima sensação de queda. Eram inevitáveis altos e baixos.

Lembro do meu primeiro choro desesperado, que aconteceu no retorno da consulta e exame com os oftalmologistas, ainda na casa da minha mãe. Eu sequer tinha forças para me manter em pé e me apoiei numa cadeira, gemendo, chorando, queria desmaiar de tanta dor. Foi aí que chegaram meu irmão Márcio, minha irmã Melissa, meu pai e meu marido, socorrendo-me com um abraço em família. Todos começaram a chorar e me seguraram, apertando com tanta força que eu já não precisava me apoiar na cadeira, tinha encontrado o melhor e mais gostoso sustentáculo do mundo inteiro, um abraço-ninho.

Sentia que eu, Melina e Fabrício estávamos abrigados com o melhor e maior amor do mundo, o da nossa família. Nas noites em claro, via velas acesas e os meus pais em constantes orações.

Sei que muitas promessas foram realizadas com bastante fé, que só pais possuem quando vivem a dor de um filho.

Meu irmão, Márcio, que mora com os meus pais, procurou estar sempre presente quando estávamos em casa e, além dele, apareciam os demais irmãos, Melissa e Mateus, e os cunhados, Omar e Wanessa, na tentativa de trazer conforto e alegria aos nossos corações.

Com cerca de uma semana (confesso que não estou certa em relação a esse tempo), decidimos, eu e meu marido, ir para a nossa casa e apresentar a Melzinha ao seu verdadeiro lar. Assim, arrumamos o que tinha nosso na casa dos meus pais e seguimos, levando a minha mãe com a gente. Aqui, a minha vontade é de escrever sobre o desprendimento e toda a ajuda da minha mãe, mas vou deixar esse recorte para outra parte do livro, pois merece um destaque especial.

Na nossa casa, entramos todos juntos e apresentamos cada cantinho para a Melina. Até que enfim, ela teve oportunidade de conhecer o seu lugarzinho, que foi preparado com tanto esmero e amor. Vê-la dormindo no seu bercinho era o momento que mais me transmitia paz, apesar de não recordar de tantos momentos assim, pois estávamos sempre correndo de um consultório para outro. Com isso, por diversas vezes tive que acordá-la no meio de um soninho gostoso.

A nossa saga de consultas era grande e ainda intercalávamos, a princípio, com exames e fisioterapia visual; depois foram acrescentadas fonoaudióloga, fisioterapia motora e terapia ocupacional.

Também foram realizados os exames genéticos e, no dia 17 de setembro de 2019, com menos de 3 meses de vida da Mel, saiu o resultado do cariótipo, com um cromossomo a mais, sem identificar qual seria a origem do "marcador", e com a sugestão de realização de um complemento por outros métodos. Dessa forma, após contato com o Dr. André Pessoa, neurogeneticista que sempre acompanhou a Melina, ela foi submetida a mais um exame, chamado de SNP-ARRAY, que é uma técnica que permite investigar anomalias nas sequências genômicas não identificadas no cariótipo, e, no dia 2 de dezembro, com menos de 6 meses de vida, tínhamos o diagnóstico dela em mãos.

Melina possui tetrassomia do braço longo do cromossomo 22, que caracteriza a chamada síndrome de Cat-Eye. Trata-se de uma síndrome raríssima, que, segundo o resultado do exame, pode incluir grande variação fenótipa, entre outras, anomalias oculares e renais. No mais, fala-se em desenvolvimento típico, incluindo o neurológico e o intelectual, na grande maioria dos casos estudados.

Em consulta com o neurogeneticista, médico de humanidade ímpar, foi explicado que a síndrome não é hereditária, apesar de genética, o que foi confirmado nos exames cariótipos que foram realizados por mim e meu marido. Ou seja, como o médico disse: "Melina foi um sorteio na família de vocês". E foi além: "Melina é a Melina, ela é uma criança linda e saudável, com algumas limitações pelas questões apresentadas, mas tenham em mente que a medicina está muito desenvolvida e o céu é o limite. Ela será uma criança feliz". Foram palavras que fiz questão de decorar e lembrar sempre, que poderiam até fazer parte de um quadro fixado na parede da nossa casa, tamanho acalento elas trouxeram ao meu coração.

No decorrer do tempo, li muitos textos na internet, através do "Dr. Desanimador Google", sobre o tema da síndrome, no entanto, devido à sua raridade, a literatura é bem escassa. No caso específico da Melina, a síndrome apresentou-se, inclusive, de forma bastante diferente do usual, já que, geralmente, a pessoa possui um olhinho de tamanho normal, com a visão intacta ou leve perda, apenas com a pupila em formato de gota. Por isso, o nome da síndrome de Cat-Eye, que, em português, pode ser traduzida para "Olho de Gato". Em compensação, as pessoas com a síndrome podem apresentar inúmeros problemas em órgãos, principalmente nos rins e no coração e, na maior parte dos casos, nascem com o ânus tampado e problemas intestinais, precisando fazer cirurgia nos primeiros dias de vida e se alimentar via sonda.

Como dito acima, a Melina apresentou malformações nos olhos, ouvidos e boca, sendo afetadas a visão e a audição, mas não apresentou nenhum problema em órgãos além disso, como é característico da síndrome. É como se as partes sensoriais tivessem sido mais afetadas.

Nós optamos por não divulgar aos quatro ventos o nome da síndrome, com receio de "estereotipar" a Melina e também por não ter muito conhecimento sobre o diagnóstico para embasar as diversas perguntas que surgiriam. Penso que, como a Melina tem/terá (fé de mãe!) o desenvolvimento neurológico dentro do padrão típico considerado pela medicina, a opção seria dela de dizer ou não, como ocorrerá na cirurgia estética da orelhinha direita, que será sua opção corrigir ou não. No mais, não acredito em diagnóstico como sentença. Nada vai limitar o desenvolvimento da minha forte Mel, nem mesmo uma definição da medicina.

Percebemos, após o resultado do exame genético, ter um nome, mas não um diagnóstico sobre como de fato se apresentavam as partes craniofaciais afetadas na Melina. Principalmente em relação aos olhos, mesmo com inúmeros ultrassons já realizados e um invasivo exame que foi realizado sob efeito de sedação, com duas semanas de vida. Sem respostas sobre as malformações oculares e sobre a visão da Mel, existiam sérias e fundadas dúvidas sobre a existência de deslocamento de retina em ambos os olhos, além de outras malformações.

As dificuldades eram justificadas pelos tamanhos dos olhos, abaixo do padrão comum da maioria da população, e pela complexidade das malformações. Assim, tínhamos que ser pacientes e renovar os exames de tempos em tempos, até ter uma resposta concreta. Aconteceu que, no dia 30 de novembro de 2019, a Dra. Paula Carneiro, médica oftalmologista - e, eu acrescentaria ao seu currículo, "linda e super-humana" - entrou em contato dizendo que estava em um congresso em São Paulo e conversou com a médica palestrante sobre o caso da Mel, acreditando que deveríamos arrumar as malas e seguir viagem, pois existiam boas opções a serem estudadas lá.

Com a opinião de tantos médicos em nossa cidade, Fortaleza, já estávamos certos de que não havia outra saída a não ser esperar o tempo de desenvolvimento dos olhos para obter todas as respostas. No entanto, com o contato da médica oftalmologista, após muitas conversas com a família, decidimos seguir viagem para São Paulo, o que aconteceu em março de 2020. Nos 3 meses que antecederam à viagem, foram agendadas consultas em todas as especialidades que a Mel precisava e a escolha do mês para viajar se deu com o propósito de, além das consultas e dos exames, participar, na capital paulista, de uma conferência sobre microtia, que é a malformação na orelha, com o Dr. Youssef Tahiri, médico especialista em microtia e cirurgias craniofaciais que atua na Califórnia, sendo referência em sua área.

Em São Paulo, tivemos todas as respostas que buscávamos, apesar das dificuldades também encontradas pelos médicos. Em cada consultório que íamos, as portas de outras clínicas eram abertas, com médicos especialistas e conceituados. Todos se interessavam pelo caso da Melina e víamos médicos se reunindo para discutir sobre as malformações, principalmente no que dizia respeito aos olhos.

As respostas foram duras, porém além das nossas expectativas iniciais. A Melina possui malformações raras nos olhos, mas, ao que indicavam, apesar de grandes e complexas, permitiram a existência de uma visão, que ainda não tem como ser mensurada. Talvez jamais os aparelhos e a tecnologia quantifiquem a visão real, restando a nós que a própria Melina nos diga, num futuro não tão distante, como vê o mundo ao seu redor. O que é certo é que, sem dúvidas, sua visão será além da projeção do objeto no intelecto. Será também uma visão baseada no coração e nos sentimentos.

O retorno de São Paulo a Fortaleza teve gosto de "alma lavada", como se, como mãe, tivesse tirado um peso das costas, com ciência de que fizemos, eu e meu marido, como pais, tudo o que podíamos pela Melina, pelo conhecimento do diagnóstico e por todo o seu desenvolvimento, que já era rico em estímulos.

Em Fortaleza, passadas duas semanas após o retorno, já vivíamos a pandemia da Covid-19, a doença que assolou o mundo inteiro, e fomos obrigados a postergar as fisioterapias da Melina, tentando possibilitar os estímulos em casa. Ficamos, novamente, por cerca de 3 meses na casa dos meus pais, recebendo todo o suporte e amor que só existem em casa de pais e avós.

Meus pais e irmão Márcio foram fundamentais no desenvolvimento da Mel durante todo o período da chamada "quarentena", sendo incontáveis as vezes que o meu irmão se sentava no chão e estimulava a Mel, tocando músicas no violão, cantando ao seu ouvido, mostrando objetos ou ensinando a rolar e engatinhar.

No decorrer da estadia, meus outros irmãos, Mateus e Melissa, e cunhados, Wanessa e Omar, faziam visitas, cheias de mimos e guloseimas, com as limitações de segurança e higiene impostas pelo início da pandemia.

Minha mãe, mesmo cansada, passava noites em claro comigo e a Mel e, muitas vezes, ela só conseguia adormecer no colo quentinho da vovó. O vovô coruja estava sempre atento às refeições da neta, pedindo no mercadinho as melhores frutas e verduras para fazer as papinhas mais saborosas, além de emprestar o seu colo durante as manhãs para que fosse possível eu tirar um cochilo. Quando optamos por retornar para casa, choramos bastante, por saber que sentiríamos muitas saudades de todo o aconchego que tínhamos lá, mas, novamente, precisávamos estar no nosso lar.

Audiodescrição disponível

Parte 2

Contos de Mel

NASCIMENTO

Escrito no dia 20 de outubro de 2019.

Melina foi sonhada, planejada e esperada com muito AMOR! Melina foi uma prece ao Pai. Durante a gravidez, apareceram alguns sinais de que a nossa Mel poderia ser uma criança atípica, mas, como também poderia estar tudo ok, preferimos acreditar que assim seria. A nossa escolha foi do apego ao positivo. Teve oração, teve joelhos no chão, promessas e muita fé. Teve consagração à Nossa Senhora, que é mãe. Teve prece e confiança. No dia 24 de junho de 2019, dia de São João, nasceu Melina.

CRIAÇÃO DO INSTAGRAM

O perfil de Instagram @contosdemel foi criado no dia 20 de outubro de 2019 devido a um pedido especial de um anjo que nos visitou.

Dizem que, quando dormimos com questionamentos e acordamos com respostas, significa que recebemos uma visita especial, talvez uma visita de asas que sussurrou de mansinho no nosso ouvido. Em um dia desses, recebi uma dessas visitas, mas que, em vez de trazer respostas, levou-me à reflexão. Ouvi atenta tudo o que dizia. A mensagem, naquele momento, não me pareceu clara e nem fácil de colocar em prática: "De que vale tudo, se não for capaz de tocar outros corações? Testemunhe a fé, a luta e as graças". Mas como? Como testemunhar uma caminhada que não chegou ao fim? As pessoas testemunham vitórias. E então? O caminho ainda é árduo e a dor existe. Mas, como foi um pedido especial, vou me esforçar. O que posso compartilhar, por enquanto, é que existe uma fé que não se explica, uma força que só pode vir das mãos de Deus, uma família linda que é apoio constante, amigos que abraçam e até desconhecidos que se importam de verdade (e como se importam!). Existe oração e uma legião de anjos de Deus.

E, para o meu anjo, digo: "Calma, amigo, começo a compreender: Jesus espera que, ao levantar-me, também possa levantar o próximo e descobrir a alegria de amar e servir. Sigo. Confiante e na fé".

Instagram criado para dar cumprimento ao pedido do meu mais novo amigo; para ser portal do amor de Deus; para me lembrar de toda a caminhada e das vitórias, quando o dia parecer interminável e o desânimo insistir em me visitar; para ajudar outras mães na mesma situação e, sim, para ser base de troca com outras pessoas que possam tornar a caminhada mais leve.

O MANTO AZUL

Escrito no mês outubro de 2019.

O azul, que já me encantava, tornou-se a cor favorita. Vejam como são as coisas do Céu. Na minha gravidez, sonhei com Nossa Senhora "do manto azul" e acordei dizendo que a Melina usaria azul na maternidade. Rezava todas as noites pedindo para Maria, nossa mãezinha, cobrir a minha filha com o seu manto azul. Nas noites após o trabalho, fazia parte da rotina pegar na minha barriga e mentalizar Nossa Senhora "do manto azul" tocar nos olhos, ouvidos e boca da Melina, consagrando aos seus cuidados e amor. Ganhei um terço azul de uma amiga durante a gestação e fui presenteada, pela querida tia Evelma, com a imagem de Nossa Senhora grávida, com o manto também na mesma cor.

Engraçado que, geralmente, quando a filha é mulher, a gente ganha artigos cor-de-rosa, não é? No caso da Mel, a maioria dos presentes vinham na tonalidade azul. Após a Melina nascer, a cada dia 24, nos meses de julho de 2019 até maio de 2020, rezávamos o terço em comemoração à sua vida. Eram chamados de "os terços dos mêsversários da Mel" e foi em um desses momentos de oração que a iluminada e ungida Jeanne Brasileiro - integrante do Encontro de Casais com Cristos (ECC) e Ministra da Sagrada Eucaristia na Igreja Nossa Senhora de Lourdes, além de integrante do grupo Servos de Deus e missionária da Divina Misericórdia - deu-me a novena de Nossa Senhora das Graças e a medalha milagrosa. Curiosa sobre os presentes recebidos daquela mulher sensível às coisas do Céu e de fé tão ardente, li a história de Nossa Senhora das Graças, que distribuía muitas graças de curas de doenças através da medalha milagrosa. Foi aí que percebi que Ela tem o "manto azul", como apareceu no meu sonho.

Após a leitura, apenas para reforçar todo o liame das coincidentes descobertas, lembrei de uma imagem de Nossa Senhora que ganhei da minha cunhada Wanessa. Era a única imagem que tinha em casa - antes de receber a Nossa Senhora Grávida da tia Evelma - e, ao vê-La, notei que se tratava de Nossa Senhora das Graças. Mas como não era pintada, apenas revestida de gesso branco, eu não havia atentado antes para o seu "nome ou título". Não restou dúvidas, Nossa Senhora das Graças já estava no comando da minha vida e da Melina há tempos e, foi nesse dia da descoberta, que decidi que faria a tatuagem da medalha milagrosa em meu corpo, para que sempre estivesse comigo, para lembrar que somos filhas abençoadas da mãezinha do Céu e que Ela sempre esteve e estará olhando e cuidando de nós. Nossa Senhora das Graças, chamada também de Nossa Senhora da Medalha Milagrosa, é presença constante em nossa caminhada. Eu acredito!

Aqui, peço ao leitor deste livro para parar um minutinho e fazer uma oração para a minha Melzinha, apenas com o mesmo pedido que venho fazendo desde a gestação, para que ela continue sendo coberta com o “manto azul”. Que Deus e Nossa Senhora saibam abençoar vocês com o dobro. Muita gratidão!

Oração de Nossa Senhora das Graças

“*Ó Imaculada Virgem Mãe de Deus e nossa Mãe, ao contemplar-vos de braços abertos derramando graças sobre os que vos pedem, cheios de confiança na vossa poderosa intercessão, inúmeras vezes manifestada pela Medalha Milagrosa, embora reconhecendo a nossa indignidade por causa de nossas inúmeras culpas, acercamo-nos de vossos pés para vos expor, durante esta oração, as nossas mais prementes necessidades,* ***principalmente a de cobrir e proteger, por toda a vida, a Melzinha com o seu manto azul.*** *Concedei, pois, ó Virgem da Medalha Milagrosa, este favor que confiantes vos solicitamos, para maior Glória de Deus, engrandecimento do vosso nome, e o bem de nossas almas. E para melhor servirmos ao vosso Divino Filho, inspirai-nos profundo ódio ao pecado e dai-nos coragem de nos afirmar sempre como verdadeiros cristãos.*”

MEU PRESENTE

Escrito no dia 8 de setembro de 2019, data anterior ao meu aniversário. Mel com 2 meses de vida.

Véspera do meu aniversário e bateu uma imensa vontade de conversar sobre um presente que ganhei. É o mais lindo que recebi em toda a minha vida, foi feito com muito amor: minha filha. Antes de começar a escrever, fechei os meus olhos, meus ouvidos, a minha boca e me concentrei no “tum-tum-tum” do meu coração... Na escuridão silenciosa, meu peito se exaltava com as batidas fortes do meu órgão pulsante. O escuro começou a brilhar, o silêncio ecoava notas de amor. Corri em direção ao abstrato, desabei nos braços de Deus e lembrei da famosa frase do livro O Pequeno Príncipe, de Antoine de Saint-Exupéry: "Só se vê bem com o coração, o essencial é invisível aos olhos". Percebi que o presente mais puro foi concedido aos meus cuidados e, desde o dia 24 de junho, estou aprendendo intensamente sobre amor, sobre amar, sobre fechar os olhos e os ouvidos para o mundo e sentir verdadeiramente com o coração.

O exercício não me é tarefa fácil. É difícil, num mundo de aparências e concretude, permitir-se ser apenas sentimento. Exige a busca incessante de Deus, crer que o invisível opera nos corações e a fé é uma ferramenta necessária na caminhada. Mas, lembro, tenho o maior, o mais forte e poderoso dos sentimentos: o AMOR. Assim, mesmo não enxergando o final da caminhada, sinto que é possível seguir e seguir. Meu presente chegou da forma mais pura e especial, chegou trazendo incertezas, mas apontando para as vozes do coração. Assim, consigo seguir confiante e com a grande certeza de que não estou desamparada na missão de amar sem limites, pois tenho o próprio amor como razão de amar, minha doce menina, minha Melina, meu amor mais puro.

APARELHO AUDITIVO

Escrito no dia 30 de agosto de 2019, dia em que a Mel recebeu o aparelho auditivo.

A Melina tem microtia (pavilhão auricular malformado) e atresia do conduto auditivo na orelha direita, além do conduto auditivo esquerdo ser mais estreito do que o padrão, e, em decorrência dessas diferenças congênitas, possui perda auditiva moderada do lado direito e leve do lado esquerdo.

Assim, após múltiplos debates junto ao plano de saúde e também de reclamação na ANS (Agência Nacional de Saúde), órgão regulador de planos privados de saúde, com apenas dois meses de vida, no dia 30 de agosto de 2019, Melina recebeu o aparelho auditivo (ad-hear), sendo a primeira criança a ter o referido aparelho custeado pelo plano de saúde que é credenciada, no Estado do Ceará, o que foi confidenciado informalmente pela empresa fornecedora. Com a vitória em questão, abriu-se um precedente para que outras pessoas recebam o aparelho sem tanta burocracia e discussões.

O dia amanheceu feliz. Ver a Melina recebendo o aparelho auditivo, que, apesar do pouco tempo, lutamos tanto para conseguir, foi uma sensação de vitória, de que somos capazes de fazer as coisas por ela e diminuir as limitações que apresenta. Agradecemos a Deus, nosso Pai. Tudo aconteceu de forma rápida, apesar da árdua luta. Nossa pequena já vai começar a usar o aparelho com 2 meses de vida, enquanto tantas pessoas necessitadas levam anos para conseguir adquirir um aparelho desses... Gratidão, Senhor!

Sentimos gratidão também por todos que estão ao nosso redor e nos ajudam no dia a dia, seja com um ato de amor, uma palavra amiga, oração, bons desejos.

Chegamos em casa e não pudemos controlar as lágrimas. Foi um misto de sentimento. Alegria, pela conquista; mas, por outro lado, uma leve tristeza, pela vivência do inesperado e não programado. Não estava nos nossos sonhos, como pais, passar por tudo o que estamos passando desde o nascimento da Mel.

Continuamos pedindo força para Deus, para que a gente não paralise, para que sejamos capazes de continuar na luta. Que a caminhada seja, apesar de árdua, cheia de vitórias e alegrias.

UM BILHETE NA EXTEROGESTAÇÃO

Escrito no mês de outubro de 2019. Mel com 4 meses de vida.

Minha filha está crescendo, passou o período da exterogestação, estamos no quarto mês de vida. "Foi tudo meio louco, né, filha? Já conhecemos mais clínicas, médicos e fizemos mais exames do que poderíamos imaginar quando você estava no quentinho da barriga da mamãe. Tenho um segredo para contar: eu olho para trás e não tenho lembranças de você quando nasceu, não consigo lembrar de você com a fragilidade do primeiro mês, magrinha, pequeninha... Para mim, você sempre foi gordinha, forte e guerreira. Nunca frágil! Na minha cabeça, já pintei você de forte e guerreira desde aquele dia, no seu primeiro ultrassom, com 3 dias de vida, quando apertou meu dedo para segurar as minhas lágrimas, que insistiam em escorrer sem parar. Lembra? Ali, naquele exato momento, eu senti que tinha que ser forte como você. Ali, naquele exato momento, eu a vi como o serzinho que chegou gigante, ensinando sobre fortaleza, amor, fé e tantos outros sentimentos que começaram a brotar dentro de mim. Olha, filha, já sonhei com você voltando para o útero da mamãe, sabe? Lá, você estava alimentada e coberta de toda a proteção que precisava. No aconchego do ventre da mamãe, nada podia fazer mal, não existia dor... Quando acordei, rezei e pedi para o Papai do Céu proteger e manter você quentinha por toda a vida, com a mesma segurança que tinha lá. Saiba, meu amor, que eu sempre serei o seu espelho de fortaleza, mesmo quando meu coração estiver apertado e as lágrimas quiserem escorrer dos meus olhos. Serei eu a pessoa que vai segurar e apertar o seu dedinho em cada etapa da sua vida, sempre que precisar. Juntas e fortes, derrubaremos todas as barreiras. Você por mim e eu por você, como está sendo desde aquele dia. Eu prometo! Feliz 4 meses, meu amor! Mamãe ama mais que tudo!".

O PODER DA ORAÇÃO

Escrito no mês de outubro de 2019.

No dia 30 de outubro de 2019, tive a mais forte sensação já vivenciada. Aconteceu enquanto rezava um terço com o meu marido e a Melina em meus braços. Para alguns, fui batizada no Espírito Santo; para outros, recebi a visita de um espírito de luz. Para mim, senti Deus da forma mais intensa e surreal. Foi um momento que marcou a minha vida, uma espécie de "divisor de águas", em que me senti, apesar de tão pequena, especial da forma mais ampla e linda possível.

Para que você possa sentir um milésimo do momento mágico vivido, faz-se necessária a narrativa com os menores detalhes.

Era uma tarde ensolarada de quarta-feira, as horas se aproximavam das três, quando brotou no meu coração um convite para uma oração. Não foi um convite qualquer, parecia mais uma convocação. Olhei para o meu marido, que estava ao meu lado em nossa cama, e pedi para que fosse comigo para a sala. Lá, entreguei um velho livro de cabeceira que ensina a rezar o terço, e pedi para que fosse lendo os mistérios, que é a parte do terço que narra uma parte da história de Jesus Cristo e inicia um conjunto de 10 ave-marias.

Fabrício iniciou a leitura e fomos seguindo. Primeiro mistério, segundo mistério, e, no terceiro mistério, meu corpo foi amolecendo, enquanto ele lia sobre a descida do Espírito Santo sobre Nossa Senhora e os apóstolos.

Inexplicavelmente, parecia que eu não tinha mais domínio sobre o mim, os olhos já estavam fechados a ver cores vibrantes nos tons branco e violeta, adentrando o meu ser através do topo da minha cabeça e consumindo todo o meu corpo. Acredite: fui perdendo os meus movimentos voluntários, parecia ser guiada por uma força sobrenatural. A leveza tomou conta de mim, meu corpo estava fervendo e vivenciei sem medo a nova sensação, a mais especial já sentida!

As mãos fracas deixaram o terço cair no chão e procuraram o rostinho mais lindo que dormia tranquilo no meu colo. Não era eu, de alguma forma estava sendo conduzida... Os meus lábios começaram a balbuciar palavras desconhecidas aos ouvidos humanos, mas capazes de tocar corações e curar almas.

Quando abri meus olhos, Melina ainda dormia como anjo em meus braços, mas Fabrício já não estava ao meu lado. Coloquei a Mel no berço e corri ao encontro do Fabrício dizendo: "hoje a Melina foi curada, eu senti, eu sei que sim."

Foram as palavras que saíram da minha boca, apesar de ter ciência de que minha filha nasceu com algumas deficiências que a tornam diferente da maioria das pessoas, mas ela não é doente para ser curada. Naquele momento, quis falar sobre a minha certeza de que ela iria enxergar. Continuei, então, falando: "Não sei quando isso vai acontecer, mas sei que vai. Hoje, recebemos essa graça da visão dela". E, a partir daquele momento mágico, segui acreditando firmemente nas sensações vivenciadas.

Fabrício ficou inerte e lágrimas caíram dos seus olhos. Ele me contou que, quando estava lendo os mistérios que solicitei e me viu de olhos fechados, ficou até chateado e pensou: "Poxa, ela me chamou para rezar e dormiu, ainda está derrubando a Melina". Depois, sentiu que algo grandioso estava acontecendo naquele momento, viu eu falando palavras não inteligíveis aos ouvidos humanos e imaginou ser a "tal oração em línguas". Achou estranho porque nunca me viu orando daquela forma e decidiu continuar rezando. Disse ainda que, após o final do terço, eu ainda passei cerca de meia hora na mesma posição.

Sem dúvidas foi o momento mais indescritível já vivido e o corpo, ainda quente, ardendo em fogo, querendo gritar ao mundo as graças de Deus na vida da nossa família.

DEUS AJUDA A TECER O COBERTOR

Escrito no mês de novembro de 2019.

"Deus dá o frio conforme o cobertor". Não! Para mim, seria: "Deus dá o frio e vai ajudando a tecer o cobertor". Ninguém está pronto! O cobertor não está feito, são pedaços de pano, pequenos retalhos sem formas definidas. Deus dá uma missão e, ao lado Dele, o caminho vai sendo construído. É assim: a missão é árdua, mas as mãos Dele estão lá na condução, sabe? Como o cobertor não está inteiro, existe sim o frio, o corpo congela inseguro, há medo, mas é esse sentimento constante da presença de Deus que vai acalentando e esquentando a alma.

Olhar para o lado e perceber que Deus vai entregando as linhas e ditando as cores dá todo o sentido à caminhada. E aí, quando percebo, parte do caminho já foi percorrido e, embora ainda curto, nossas mãos ganham forças para produzir mais e mais. Mais pano, mais linha, mais suor... E Deus sempre ali, fortalecendo. Vamos orando por mais forças e pela presença da FÉ! O caminho vai se abrindo, as bênçãos vão chegando e o cobertor vai ganhando contornos. Ninguém nasce pronto. A missão chega pronta, mas o percurso não. A gente percorre com a ajuda da fé, sabe?! Sem fé, sequer conseguiríamos colocar a linha na agulha... E, assim, vamos caminhando, tecendo, com a ajuda do Pai, o nosso cobertor.

7 MESES DE ARCO-ÍRIS

Escrito no dia 24 de janeiro de 2020. Mel com 7 meses de vida.

Deu 1 hora do dia 24 de janeiro de 2020? Acho que sim, pois já vejo o dia mais colorido. Quer saber o mais lindo motivo? Melzinha completa 7 meses de vida. Refletindo, percebi que, se juntar o número 7 com as cores, tenho um arco-íris. Visualizou? Simples assim: o arco-íris tem 7 cores. Veja: vermelho, laranja, amarelo, verde, azul, anil e violeta. Cor lembra sentimento. Vermelho de amor e paixão. Laranja, cordialidade. Amarelo de luz e alegria, verde de esperança, azul de harmonia. Anil, respeito; e violeta, espiritualidade que transcende. Melina, 7 meses! Eu, um turbilhão de cores e sentimentos há 7 meses. Melina, há exatos 7 meses, meu arco-íris.

Minha filha, minha maior escola. Situações nunca imaginadas, cores nunca tocadas e sentimentos nunca vividos. Fecho os olhos e vejo o vermelho cruzar com o amarelo, que atropela o laranja. O laranja encontra o azul e o anil e, por fim, o abraço com o violeta enche meu ser de verde. Aaah... o verde! Vivo de verde, em rios de esperança. Verde, sentimento que me move, no descontrole das cores que se misturam sem parar. Porém, o vermelho é quem pulsa. E as demais cores? Ainda na mistura, é possível enxergar a individualidade e sentir da forma mais pura.

Nosso arco-íris de cores e sentimentos também contempla lindas ações. Foi no quentinho vermelho do meu ventre que carreguei a Melina, meu maior amor, que chegou trazendo muita luz, com o brilho amarelo mais sublime. Na família, a Mel alaranjou e plantou a cordialidade e a união, todos se vestiram de anil e azul, passando a lutar e respeitar, com harmonia, as causas das pessoas com deficiência. O verde da esperança é encontrado no dia a dia, a cada nova descoberta da Mel, seja a resposta com um sorriso a uma brincadeira, um balbuciar diferente ou mesmo a introdução de um novo alimento na sua dieta.

Queria fazer você entender sobre essa mistura, que, às vezes, escurece e azeda, mas, na maioria das vezes, tem o gosto do melhor brigadeiro gourmet.

Meu arco-íris há 7 meses. Minha menina, minha Melina.

UM BILHETE

Bilhete escrito no dia 24 de janeiro de 2020. Mel com 7 meses de vida.

> *"Filha, você chegou artista e mestra; eu, aprendiz, pincelando as cores, domando sentimentos. Outras vezes, liberando e permitindo que floresçam. Juntas, vamos pintando o nosso quadro, a nossa história. Vamos experimentando novas cores, abrilhantando os nossos caminhos e colorindo todo o percurso que, apesar de tortuoso e cheio de desvios, segue nos apresentando a mistura dos mais lindos sentimentos. Amo muito, muito, muito, com todo o colorido que nós merecemos, de lacinho vermelho, vestido azul e aquarela ao nosso bel-prazer."*

MADRINHA MEL

Escrito no dia 19 de fevereiro de 2020, data do aniversário da madrinha Melissa.

Melissa, minha irmã, é a madrinha mais especial que minha filha poderia ter. O nome Melina foi uma homenagem a ela e Mel também é o seu apelido, tamanha vontade que tenho que a Melzinha tenha as mesmas qualidades dessa titia tão amada.

Minha irmã Mel é sinônimo de doçura e amor. É ela quem pinta a vida de emoção, positividade e alegria. É a centrada, que carrega cada membro da família feito "mamãe canguru". Ela é aquela incapaz de fazer algo ruim, pois maldade não existe em seu coração. É tão pura, que, algumas vezes, "pintam e bordam" com a sua bondade. Ela é fé e amor!

Melissa é o meu espelho, alguém que posso seguir sem medo de errar. Sempre esteve ao meu lado e os melhores conselhos vêm dela. Já foi minha mãe e também minha filha. Já tive que tirá-la de "apuros", gritar e defender de pessoas nocivas. Ela, considerada a personificação do amor; eu, justiça! A gente segue sendo complemento.

Quando Melzinha nasceu, ela foi a minha coragem inicial. Ela esqueceu a sua maternidade, grávida de quase 5 meses da minha sobrinha, para cuidar dos meus momentos de dores. Sempre compartilhamos emoções e ela é a maior conhecedora do meu coração, das minhas angústias e alegrias. Ela é amor que constrange.

É a pessoa mais linda que conheço. Nela, está a pessoa que tem o melhor abraço e os melhores conselhos, a pessoa que chora a minha dor e celebra as minhas alegrias com toda a sinceridade que pode existir. Nela, está o meu aconchego, a minha segurança! É a pessoa que conhece todos os meus defeitos, que vê a minha nudez e, sim, me ama sem medidas. Nela, está a "minha pessoa". Aquela que escolho como exemplo, como amiga e que Deus, na Sua imensa bondade, deu-me como irmã.

Deus é tão perfeito que sabia que, sem ela, eu não seria. Em diversos momentos, eu não andaria, não me levantaria, não seguiria. Não consigo imaginar a minha vida sem ela. É como ar! Quem respira sem ar? Pode parecer exagero, mas não é! Não dá para imaginar, não consigo! Ela sempre foi um pedacinho meu e esse pedaço, a cada dia que passa, está mais entranhado. É um laço forte de amor. Ela é fortaleza e doçura, delicadeza e força. Ela é a dicotomia mais linda que existe. Ela é amor incondicional, sentimento e muita fé. Meu porto seguro, meu colo nos momentos de desespero, minha alegria. Só podia ser ela, porque olhamos juntas para a mesma direção e, mesmo quando o olhar não coincide, sabemos ser compreensão e colo. Que bênção, ela é minha irmã!

O nosso amor é lindo, sinto que nossas almas se completam. Ela nem imagina a minha alegria ao pegar a minha filha no colo, ao ver que o sentimento transpassa o meu ser, o sorriso sincero, a doação, o amor de sempre. Ah, o AMOR! Sempre o nosso guia, o que une as nossas mãos, os nossos corações, as nossas vidas.

FUI E VOLTEI

Escrito no mês de novembro de 2019.

A frase é: "Filha, vou bem ali". Certo dia, li um texto sobre a "filosofia das máscaras de oxigênio", que, no avião, antes do voo, há o aviso: "Em caso de despressurização, as máscaras de oxigênio cairão automaticamente. Caso esteja acompanhado de alguém que necessite de sua ajuda, coloque sua máscara primeiro para, em seguida, ajudá-lo". Moral da história: se você não está bem, não consegue cuidar do outro. Se não se ama, não consegue amar o outro.

Foi difícil de internalizar as palavras do texto e, somente agora, após 4 meses, permiti-me sair, sem sentimento de culpa, e fazer algo por mim.

Dá licença, que é necessário um pequeno desvio na sequência do texto, para dar ênfase ao sentimento de culpa que nasce entranhado nas mães. Já percebeu que culpa é um adjetivo que se encaixa como um sobrenome para uma mãe? Imagina quando se trata de uma mãe de uma criança com necessidades especiais, cuja demanda, na maioria das vezes, é quase que integral. A culpa é por tudo e mais um pouco. A gente sente culpa por estar cansada, mesmo após meses sem conseguir dormir e com uma rotina acelerada e cheia de obrigações. Culpa por, em algum momento, não conseguir brincar com a mesma graça ou ninar com o mesmo carinho. Culpa por desejar que a filha durma logo ou que engula o leite mais rápido, para poder mais cedo descansar ou se voltar para uma nova tarefa. Existem culpas que até são cômicas, como a vontade de ir ao banheiro na hora errada, quando a criança está dormindo em seus braços e, se você a retirar, vai atrapalhar o sono. Culpa por não compreender um choro ou brigar e não prestar atenção, em determinado momento, às necessidades específicas que possui. Culpa, culpa, culpa.

Porém, hoje, me destituí de qualquer sentimento de culpa e me presenteei com um dia diferente. Pintei o rosto, fui ao meu salão de beleza preferido e ainda visitei amigos queridos. No carro, coloquei o som nas alturas e até arrisquei cantar um pouco. Que sensação! Fiz questão de abrir os vidros e sentir o vento batendo no meu rosto. Pintei as unhas de vermelho e saboreei, demoradamente, um açaí com bastante M&M's e Leite Ninho, do jeitinho que gosto (quanta saudade estava!).

Durante toda a tarde, ri com os amigos até dar uma dor gostosa na barriga.

Depois, voltei! "Voltei, filha! Voltei renovada! Agora, posso ser aconchego de novo. Agora, sou colinho gostoso. Agora, podemos matar a saudade e fazer nossos momentos ainda mais prazerosos. Mamãe tá aqui, filha! Mamãe foi, mas já voltou e, acredite, com muito mais amor."

SE NÃO FOSSE ASSIM NÃO SERIA VOCÊ

Escrito no mês de dezembro de 2019.

São exatamente 164 dias ao lado da minha Melzinha. Não posso mentir: existiram muitos questionamentos de "porquês", mas, hoje, quando eles se aproximam, eu mudo o foco e tento agradecer, pensar no lado bom de toda a nossa vivência.

Olhando para trás, contemplo incontáveis momentos da Mel que são dignos de aplausos e louvores. Sem dúvidas, minha menina é só orgulho. Ela nasceu trazendo milhões de ensinamentos e mudando muitos corações. Nunca imaginei que fosse capaz de dizer isso, mas se Deus perguntasse o que eu mudaria já não saberia responder. Amo cada pedacinho da Melina, do jeitinho que veio ao mundo.

Lógico, rogo e sonho com os progressos da minha pequena, mas já amo sem ressalvas. Sei que, lá na frente, continuarei olhando para trás, apenas para sentir orgulho da minha filha e de tudo o que já passamos juntas, das barreiras que enfrentamos, dos nossos choros e também dos sorrisos com as vitórias de cada dia. Continua não sendo fácil, mas sempre buscaremos enxergar o lado mais colorido de tudo, na certeza de que "depois da tempestade, o sol sempre brilhará".

IMPOTÊNCIA

Escrito no mês de janeiro de 2020.

Hoje venho fazer uma revelação um tanto absurda e difícil de assimilar: "Eu não sou dona da minha vida". Amiga mamãe, não ria, e acredite: você também não é dona da sua. Eu, como uma boa virginiana, não tolero algumas surpresas. A minha gravidez foi toda planejada. Escolhi uma ginecologista com especialidade em obstetrícia, emagreci, deixei de tomar contraceptivo, iniciei o ácido fólico e, com poucos meses, estava grávida. Já tinha em casa o teste de farmácia e o presente de "aviso da gravidez" para o papai. As primeiras compras foram um diário da gravidez e pastas para armazenamento dos exames e das receitas médicas.

Tudo sob controle! Mensalmente, saía "ticando" a lista do enxoval e fazendo programações financeiras para que tudo fosse providenciado até o nascimento do bebê, sem qualquer contratempo. Lembro de passar semanas lendo sobre os tipos e as marcas de mamadeiras e fazer enquetes para comprar a melhor oferecida no mercado. Lembro de estudar as marcas de produtos de higiene e saber quais remédios eu deveria ter em casa, além de participar de cursos de primeiros cuidados e amamentação. Lembro de ficar triste porque não consegui participar do curso de primeiros socorros. O Google e o YouTube se tornaram grandes amigos na minha busca incessante por conhecimento. Li sobre tudo e mais um pouco. Eu já dizia ao meu marido que o banho seria tarefa dele e, quanto à limpeza do umbigo, ainda estava analisando quem seria o responsável pelos primeiros dias. Eu tinha que me sentir 100% preparada e os vídeos de banhos enrolados em toalhas, baldes e até no chuveiro já estavam na lista dos mais assistidos. Então, já tinha a teoria de tudo o que precisaria quando a Melina nascesse.

Eis que a Melina nasceu e, junto com ela, a única certeza: eu não sou dona de nada. Controle? O que é isso? As minhas maiores preocupações me deram uma tremenda rasteira. E, quer saber? Elas se tornaram as menores preocupações. Sabe o brinco de presente da madrinha?! Chegou a tempo de ela usar já na maternidade, mas, adivinha, não foi possível. A Melzinha não pôde usar naquele momento, devido à microtia. Sabe a "supermamadeira"? Ganhei o kit completo da minha escolha. Mas está encostado. Melzinha precisou de uma mamadeira específica, devido à fenda no palato. Sabe a limpeza do umbigo e os primeiros banhos? Eu tirei de letra. Sabe a fortaleza que achei que não teria? Melzinha chegou ensinando... Tudo se inverteu. A minha cabeça inverteu. Minhas prioridades e valores mudaram. Sabe a virginiana acostumada a ter tudo sob controle? Aprendeu que não pode sequer controlar a própria vida. Melina chegou e Deus disse que é Ele quem está na cabine de comando. Não sou eu, definitivamente! Tive que aprender a sair de cena e confiar no escuro, a deixar ser conduzida, ter paciência e lidar com as incertezas. Aprender a não pirar se não consigo "ticar" algo da minha lista dentro do meu tempo.

Hoje, sou pé no freio e menos expectativas. Sou passageira e sou ouvinte. Desacelerei de achar que tudo posso por mim. Clamei fé, fé e fé, mil vezes por fé. Sigo clamando... E Deus? Ele me conduz. É guia e luz. Meu olhar já estava no alto, mas faltava a entrega. Agora, olho para o céu e entrego o meu caminho, a minha vida!

O BANHO

Escrito em janeiro de 2020.

Quando engravidei, um dos assuntos mais debatidos com as amigas e grávidas em geral era o banho. Participei até de cursos para aprender a dar banho e fazer a higiene e, confesso, foi um dos maiores medos que carreguei na gestação. O receio era tanto que, em muitas das conversas com o meu marido, eu pedia para ele se responsabilizar pelos banhos e pelas limpezas no umbigo, que eu desenvolveria todas as demais tarefas com a Mel.

Na semana anterior ao parto, ver vídeos de banhos no YouTube fazia parte da minha rotina. Lembro de ver banhos "humanizados", em que a mãe enrolava o bebê numa fraldinha e ia colocando na banheira aos poucos, molhando cada parte individualmente e voltando a enrolar com a toalha. Assim, o bebê não sentia muito frio e a mamãe ficava mais segura, pois o filho ficava mais "durinho" quando enrolado.

Na teoria, eu sabia de tudo, mas, ainda assim, não me sentia capaz de enfrentar, na prática, o banho. Sem dúvidas, era a ação que não fazia parte da minha "programação de coragens".

Ocorre que, quando a Mel nasceu, parecia que as minhas memórias de medos haviam sido apagadas, como se tivessem passado uma borracha. E, para a minha surpresa, o momento do banho se tornou o número um da minha lista de prazeres.

Não sei se com outra criança o banho teria a mesma sensação, mas, com a Mel, talvez devido a deficiência visual que ela apresenta, o banho é todo sentido de uma forma que é até difícil descrever. Ver o rostinho dela com o toque da água caindo é um momento único. Ela sente cada gota. Ela vive o banho de uma forma tão intensa que eu passei a pensar sobre o "momento banho", inclusive me dedicando mais aos meus, usando para relaxar, refletir e extrair sentimentos nobres, como a gratidão. A Mel se deita na banheira tentando encontrar a água com a cabeça para sentir descer pelos cabelos. Ela suspira. Há momentos que relaxa tanto que chego a pensar que vai dormir; às vezes coloca os pezinhos para cima e fica lá bem paradinha sentindo as minhas mãos passeando pelo seu corpo. Outros, quando está mais animada, bate na água e sorri.

Vendo fotos e vídeos da Mel quando nasceu, percebo o quanto era frágil e o quanto eu fui corajosa e ultrapassei meus limites. Mas, confesso, naqueles primeiros dias/meses eu não a via tão molinha e tão delicada. Desde a maternidade, pintei a Melzinha forte na minha cabeça. Ela era gorda e durinha: artimanhas que meu cérebro utilizou para conseguir submeter a pequena Mel a tantas e tantas coisas. Talvez, por não a ver tão frágil, pude viver o banho de uma forma mais segura e natural com ela. Não sei, só sei que sou diariamente presenteada com momentos de prazeres, às vezes com até três por dia. E viva o banho! Vou bem ali tomar o meu.

ELEVADOR

Escrito em fevereiro de 2020.

Sempre existe um momento dentro do elevador que pode ser bem engraçado. Vira e mexe, aparece alguém com uma história para contar de dentro do elevador, já viu? E as memórias de crianças, rindo sem parar, sem qualquer motivo aparente, você tem? Eu já fui uma dessas crianças. Hoje, muitas vezes, os olhares de dentro dos elevadores me deixam constrangida. Algumas vezes, quando estou com a Melzinha, tenho vontade de dizer: "Tá olhando o quê?!". Outras, apenas sorrio. São alguns segundos/minutos que duram uma eternidade.

Logo no começo, quando ainda estávamos processando todas as mudanças que uma bebê atípica traz, os olhares eram ainda mais cruéis. Pareciam olhares de julgamento ou pena. O engraçado é que, na semana passada, percebi que esses olhares também podem ser inocentes e os julgamentos são nossos. Vou contar. Depois de uma manhã bem intensa de fisioterapia da

Melzinha, em que rolou cocô, leitinho e muito choro, entramos no elevador. Lá, um senhor fixou o olhar nela e eu, automaticamente, fixei nele. Notei que ele queria falar algo e eu, como nas outras vezes, já me preparei para responder algo sobre a orelhinha, os olhinhos ou o tratamento. Foi quando simplesmente veio a frase: "As perninhas dela são tão grossas, como ela é linda!". Uma lágrima quis escorrer no meu rosto, mas apenas sorri e disse: "Ela é linda mesmo". São olhares curiosos, nem sempre maldosos. Às vezes, como nesse caso, o olhar é nas perninhas. Também pode ser no buchinho de leite e nas bochechinhas, que são boas de beijos. Com o tempo, fui me abrindo para receber amor. Chegou carinho, palavras de conforto, força... Amigos se aproximaram e os debates com os desconhecidos foram enriquecedores. É tanto amor que nos cerca, que me vi mais atenta a acolher 99% do que revidar 1%.

Continuo me abrindo para o novo e sendo surpreendida positivamente. Tchau, defensiva! E, repito, ela é linda mesmo. Sabe o que mais? A forma da gente olhar as coisas é que faz toda a diferença.

ENGASGO

Escrito no mês de fevereiro de 2020.

Repetidas vezes tenho sonhado com a visão turva. Acordo assustada! Hoje, percebi que, em minhas orações, rogo a Deus que, como por osmose, jogue sobre mim todas as limitações e dores da Melzinha e a encha de muita saúde e paz. Sem pestanejar, esse tem sido o meu maior desejo! Agora à noite, meu coração se encheu de angústia e insegurança, porém, com uma força inexplicável, não paralisei! Descobri que "mães não paralisam", mães choram quando tudo está resolvido. É assim! A Mel estava dormindo e a respiração ofegante. Escutei e tive o ímpeto de levantá-la, foi quando a vi engasgada, roxinha! Gritei e o papai Fabrício veio ajudar. Tentamos fazer a manobra para "desengasgar" e ela chorava rouca, gelada, dessa vez pálida e, segundo o papai, com sangue (nessa hora, eu ceguei, não vi mais nada). Corri pelos corredores do condomínio de camisola, gritei por ajuda e, sem saber mais o que fazer, seguimos para o hospital mais próximo. Sem carteira, sem sutiã, descalça, sem óculos, com a vista turva - como nos sonhos -, mas com muita esperança. O diagnóstico foi de laringite e, por conta da inflamação aguda e do refluxo, engasgou dormindo. O anjo da Mel, incansável, fez a mamãe estar acordada e perceber a respiração diferente. Se não fosse assim, nem sei... Segundo o médico, tivemos sorte. Na minha opinião, não foi sorte, foi Deus.

Com boas doses de adrenalina, Melzinha dormiu tranquila e a mamãe permanece aqui, a vigiar o seu soninho, agradecendo o anjinho mais esperto de todos, que, a mando de Deus, cuidou de tudo. Mamãe está aqui, ainda pronta para trocar de pele a qualquer momento, com os mesmos desejos. Mamãe está aqui, driblando a insegurança e o medo para carregar a filha nos braços, segurar a sua mão e velar o seu sono. Lembra que eu prometi lá atrás?! Assim será sempre. Juntas, veremos a tempestade passar e o sol nascer, sempre!

Além da mamãe e do anjinho esperto, a Mel já tem consciência do quanto é amada. Tem o papai mais forte e a família mais presente. Em poucos minutos e já estava rodeada de amor. Obrigada, família, em especial ao meu cunhado Omar e meu irmão Mateus, que foram apoio incondicional, presentes em todos os momentos dentro do hospital. Eles sempre mostrando que são "paus pra toda obra". Obrigada também aos meus vizinhos, em especial a minha vizinha, que seguiu com a gente para o hospital.

REDE DE APOIO

Escrito no mês de março de 2020.

Logo quando a Melzinha nasceu, escutei: "Ainda bem que ela nasceu no lar de vocês, sei que não vai faltar nada e ainda tem muito amor!". De lá para cá, imaginar ela em outro lar é algo que dói. Será que estariam fazendo tudo por ela? Ainda bem que a Melzinha é nossa! Não que eu me ache melhor do que outras mães, longe disso... Ora, quando escutei a frase, até pensei: "No meu lar? Não temos sequer a melhor condição financeira para 'bancar' tudo o que ela vai precisar e também estou tão 'acabada' emocionalmente para conseguir ser fonte de amor". Por outro lado, eu conseguia acreditar num propósito divino e, além disso, sabia que estava rodeada de pessoas que me amavam e que amariam a Melzinha também. De fato, nada iria faltar, nada faltou, nem sentimentalmente, nem financeiramente! Desde o primeiro e mais caro exame, sem qualquer pedido da nossa parte, meus tios, primos e irmãos se reuniram para possibilitar todo o custeio; os meus sogros, pais do Fabrício, fizeram questão de ajudar nas terapias, enquanto lutávamos pelo pagamento através do plano de saúde.

Nossa rede de apoio foi e continua sendo a melhor.

Aqui, faço um longo parênteses para falar e agradecer às minhas tias, que são as irmãs e as cunhadas da minha mãe. Elas são bem conhecidas por se unirem, "rodar a baiana" e fazer acontecer. Em tudo, as "ARRUDETES" (chamadas assim pelo sobrenome Arruda) colocam o dedo e resolvem. Tudo! De mansinho, elas chegam e se envolvem na situação...

Quando a Mel nasceu, quando o meu chão abriu, elas estavam lá. Duas delas me carregaram no colo, literalmente, não canso de repetir! Elas batiam na porta da minha casa e levavam eu e a Mel para as consultas e exames, participando de cada momento ao nosso lado. Elas foram ombro, colo, voz... Outra, a mais velha das irmãs, era a responsável por tomar nota de tudo o que estava acontecendo e, do cantinho dela, ditava as ordens e organizava com as demais o que fosse necessário. Não posso deixar de mencionar a tia da oração mais forte, que colocava os nossos nomes nas missas e organizava grupos de orações. Outra tia que nunca mediu esforços para ser presença e, mais uma, que chegava sempre com mensagens de carinho e aconchego.

Nenhuma tia soltou a nossa mão, todas elas estavam sempre atentas e disponíveis.

Lembro de um momento bem marcante, em que uma das tias, ao me ver chorar, firmemente disse: "Levante, pegue a sua filha nos braços e lute. Se a sua avó estivesse viva, ela diria para fazer exatamente isso: lutar! Esta é a sua filha, a filha que Deus presenteou você". Acredito que, naquele momento, ela teve a inspiração e sensibilidade de mencionar a minha avó, que, mesmo já falecida, fez parte da minha rede de apoio em exemplos de fortaleza e fé.

Tudo o que escrevi das tias estende-se aos maridos, meus tios, mas, lógico, são as mulheres que dominam tudo com o jeitinho sem igual. Ah, e fora elas, a rede de apoio ultrapassou os limites de Fortaleza, chegou com força em São Paulo, Brasília, Natal e Teresina.

Nossos pais, irmãos, tios, primos e amigos foram, sem dúvidas, essenciais para o enfrentamento de todas as batalhas. Podemos falar também que os amigos de amigos e até desconhecidos fizeram parte da nossa rede de apoio, seja através de mensagens carinhosas que acalentaram em algum momento ou até mesmo de orações fortes a tocar o coração do Pai.

Então, não restam dúvidas: Mel não veio para mim por mim, Mel veio para mim porque Deus sabe quem são os que me rodeiam. Durante todo o tempo nos sentimos amados por cada um que chegou ao nosso lado com uma mensagem ou um abraço apertado. Atualmente, entendo o que disseram quando a Mel nasceu, sobre a "sorte" dela ter nascido dentro do meu lar, mas, repito, apenas o meu lar não seria suficiente. Sozinha, eu sequer teria dado um passo! Eu sou a minha rede de apoio. Esse conto é para falar da felicidade e da gratidão por ter tanta gente especial à minha volta.

PROPOSTA

A proposta foi feita no dia 4 de março de 2020, quando estávamos em São Paulo, durante o exame que diagnosticou as malformações nos olhos da Melina.

Antes da viagem, já sabíamos que íamos em busca de entender as peculiaridades das malformações que a Melina apresenta, principalmente no que atine aos olhinhos. Então, fomos preparados para submeter a Mel a vários exames e consultas, certos de que existiriam momentos difíceis. No entanto, não fomos capazes de fugir das dores que acometiam as nossas almas por ver a Melina chorar e sofrer.

Os dias eram intensos e pareciam não chegar ao fim. A agenda era repleta de médicos especialistas nas áreas necessitadas de informações: oftalmologia e otorrino.

A Mel foi submetida a um exame, que eu fiz questão de esquecer o nome, que o aspecto é de estar fazendo um "milkshake" em cima do globo ocular. Durante o difícil exame, estava eu a segurar os seus braços e o papai Fabrício a segurar as pernas, enquanto ela gritava a ponto de ficar roxa e rouca. Nós tentávamos cantar, falar ao seu ouvido, tudo na tentativa de acalmá-la, mas ela só queria sair dali, queria um abraço, um aconchego, que fomos incapazes de dar durante aqueles 5 ou 10 minutos que pareciam horas de desespero.

Tenho, após essa carregada vivência (mais uma), uma regra a propor: filhos não podem sofrer! Tenho ainda outra regra a propor: pais não devem sofrer! É certo: a lágrima do rosto de um filho inunda a alma dos seus pais. Penso no quanto Maria precisou ser forte durante todo o sofrimento de seu filho Jesus. Penso o quanto Jesus precisou ser forte com tantas adversidades, tentações e com o peso da Sua cruz. E, no dia de hoje, o pedido é de muita fortaleza e resignação. Melzinha passou por muitos exames e seguimos na saga das consultas, em busca de um diagnóstico mais preciso. Firmes nas orações, pois, como diz Padre Pio: "A oração é a chave que abre o coração de Jesus".

FÉ E GRAÇA

Escrito no dia 5 de março de 2020, quando do recebimento do resultado de um exame muito importante, que atestou que entra luz nos olhinhos da Mel.

Fé, menina! Todas as passagens da Bíblia que falam sobre curas e milagres também falam sobre FÉ. Primeiro a fé, depois a cura, assim: "Tua fé te salvou"; "Você foi curado conforme a tua fé". Fé não é algo fácil. É só pensar que ela, do tamanho de um grão de mostarda, é capaz de mover montanhas. Você já viu alguém mover uma montanha? A conclusão é simples: nossa fé é tão pequena, sequer chega a um milésimo de um pequenino grão. A nossa fé, invisível, luta constantemente contra a concretude do mundo. A minha fé, teimosa, vem lutando há 8 meses contra a medicina. Uma coisa é ter fé sem contestações, apenas no escuro de uma situação, outra coisa é tê-la em meio à concretude de exames e opiniões médicas.

Há 8 meses lutamos por um diagnóstico preciso sobre as malformações da nossa Melzinha. Há 8 meses caminhamos no escuro, e mais, no trajeto de opiniões nem sempre positivas. O caminho tortuoso colocou à prova a nossa fé e a nossa esperança. Dias ensolarados deram, em muitos momentos, lugar a noites nubladas. Caímos e levantamos incontáveis vezes. Seguimos. Repetimos exames, corremos atrás de outros entendimentos, questionamos médicos. Andamos contra a correnteza, não desistimos! Surgiu a oportunidade, viajamos, respiramos novos ares e buscamos novas opiniões. Finalmente, voltaremos vitoriosos! Não desistimos de tentar... Algo manteve a nossa pequena fé acesa. Pequena, muito pequena, porque foi tantas vezes testada, contrariada e acuada.

Em São Paulo, finalmente fechamos o diagnóstico sobre os olhinhos da Melzinha. E, que bênção, nossa menina ENXERGA (explode, coração!). Nossa menina rara vai ver sim a beleza do mundo. Sim, de forma limitada, mas, se depender da nossa busca incessante de FÉ, o céu continuará sendo o limite. Gratidão, meu

Deus! Afasta de nós o cálice da falta de fé. Hoje, mais uma vez, o Senhor mostrou que caminha ao nosso lado. A estrada ainda é longa. A batalha permanece. Mas, quer saber? De mãos dadas, seguiremos e alcançaremos muito, muito, muito mais!

PANDEMIA

Escrito no mês de março de 2020.

Estamos vivendo dias difíceis. Um bicho invisível chegou e mudou o mundo inteirinho. O medo pairou nas vidas das pessoas. O mais engraçado é que o maior medo é o da perda! O mundo parou pelo medo, medo de perder quem mais amamos. As pessoas estão reclusas, cada um pensando em alguém especial, vivendo um "sacrifício" pelo próximo. Na dor, o amor! A distância que cura. Todos obrigados a nos distanciarmos na dor, e sim, por amor. Filhos que não visitam os pais, por amor. Amigos que não

se veem, por amor. Irmãos que não se abraçam, por amor. Um mundo que não se toca, simplesmente por amor. Diria: um misto de medo, dor e amor.

Um pensamento, uma retrospectiva em mim. Há 9 meses, a Mel nasceu e já vivemos de tudo um pouco. Além do amor existente, teve muita dor. Agora, quando tudo encaminhava para a calmaria, aparece um bicho transparente e avassalador, aflorando sentimentos diversos.

Atualmente, tenho pensado que chegamos ao diagnóstico da Mel e, além disso, sabemos mais sobre as malformações específicas e o que podemos fazer para o seu desenvolvimento. Sabemos que o tempo é o melhor remédio e que temos que ter paciência. Agora, mais tranquilos em saber que fizemos e estamos fazendo tudo o que podemos, seria o tempo de desfrutar um pouco do que não pudemos viver com a frequência desejada. Talvez uma volta na praça, um aniversário de um novo amiguinho ou até mesmo ir à praia. Acontece que, com a pandemia, tudo parou. Viemos de uma guerra recente e nos deparamos com uma nova batalha. Agora, uma batalha universal.

A calmaria que poderíamos viver se transformou em um novo momento de dúvidas. Há o receio real da Mel precisar de atendimento médico, como já aconteceu no meio de um engasgo decorrente do retorno de leite e a fenda no palato, e a gente não ter esse atendimento.

Assim, o que resta é segurar mais forte as suas mãos e, olhando para o Céu, rogar a Deus por força (mais força), rezo pela tão esperada bonança. Que a minha menina não precise, nesse meio tempo louco, de atendimento hospitalar, que nem a mais leve gripe venha visitar. Que tudo passe! Que o AMOR vença a dor! Que o aprendizado tome conta dos seres. Que a gente possa valorizar mais a vida, o aconchego da família, o sorriso dos amigos, o cuidado do desconhecido; não só na dor, mas em todos os momentos. São preces. Fé e esperança para nós, para o mundo.

O SORRISO

Escrito no dia 16 de abril de 2020.

Chegou o momento tão esperado. Preciso contar! Coisas banais da relação de mães e filhos, desde o primeiro contato, são esperadas e, até mesmo, sonhadas por mães especiais, de filhos atípicos. Sabe os primeiros dias de vida de um bebê, as angústias dos pais de primeira viagem, as noites sem dormir, a amamentação às vezes bem dolorosa, todas as dúvidas de cuidados, você sabe? O sorriso e o olhar curam, fazem esquecer.

Acontece que, muitas vezes, mães especiais não têm essa "recompensa", que é capaz de zerar o termômetro do cansaço. Mães especiais vivem, em sua maioria, as dores dobradas (exames, médicos, terapias, dúvidas, dúvidas e dúvidas; fora tudo o que as mamães típicas vivem) e, por muito tempo, não têm o sorriso, o toque no rosto, o olho no olho... O termômetro não zera! Mães especiais procuram forças e outras válvulas de escape, e nem sempre encontram. No fundo, elas já sabem: os "contentamentos" devem ser colhidos em coisas mais simples. Mais simples do que um sorriso, você pensa. Mais simples que um olhar? Sim! Sorriso, olhar e toque, dentre outros gestos voluntários, são esperados, aguardados com muita ansiedade. Tipo artigo de luxo, sabe?! Tem mamães sonhando com o sentar, com o andar, com o simples ouvir "mamã". Outras, o sorriso, o toque ou um simples olhar... Cada relação "mãe e filho" tem suas dores, especificidades e sonhados acalentos pelo coração da mamãe. Acalento que cura dor, dúvida e insegurança. Acalento que renova a alma para novas batalhas. E, na quarentena, em meio aos sentimentos mais loucos, chegou o meu dia! Estou falando de um sorriso. Calma, não falo de um sorriso qualquer. Falo "do" sorriso, "do" sorrisão!

Chegou a semana da gargalhada, de uma bela "gaitada" vinda da nossa interação. Vibra comigo, mãe, pois, em meio à angústia da reclusão (pandemia do coronavírus), conheci a alegria de um "hahaha" voluntário, de um olhar tímido e de um toque caloroso, que diz: "Você é a minha mamãe e eu amo você!". Eu sei que diz, porque eu sinto! Em meio a dias tenebrosos, um presente de esperança, um lindo e aguardado presente, de brotar água nos olhos e muito calor no coração.

MÃE ESPECIAL

Escrito no mês de maio de 2020.

Passou o Dia das Mães. Mas não passou a vontade de escrever sobre MÃES. Mães especiais. Todas as mães são especiais, ora, assunto indiscutível! Mas arrisco dizer que as mamães de crianças atípicas precisam adentrar em batalhas nunca imaginadas por mamães de crianças típicas, o que as tornam um pouquinho diferentes. Não melhores, digo, mas diferentes. Diferentes, sim! Especiais, sim, de alguma forma especiais.

Mamãe, você nunca quis viver uma maternidade atípica, mas (tibum!) foi sorteada, caiu em você. Agora, tem que aprender,

aprender vivendo, aprender com outras mães que, de tão especiais, chegam. Elas chegam e, mesmo quando não são chamadas, puxam um banquinho e se instalam ao seu lado, contam a própria história e mostram uma forma de superação ou aceitação. Elas se tornam inspirações para quem vai entrando na roda. Quem tem mais tempo ajuda quem tem menos tempo, não importa a fronteira física. Elas chegam! Elas mostram que o tempo é o senhor de tudo; ensinam sobre resiliência, paciência... Com elas, você vai aprendendo a ser especial de uma forma que transcende a própria denominação usual.

A gente se vê experimentando eletrodos de estímulos antes dos nossos filhos, para saber a sensação que serão submetidos. Não se gabe, mamãe, isso é o mínimo. Mamães especiais têm que ser fortes quando falta a força. Carregam debaixo dos braços a frase bíblica: "Porque quando estou fraco, então sou forte". Elas choram à noite porque têm que sorrir durante o dia, pois a batalha não acabou (e não vai acabar). Elas sabem que o desânimo pode vir, mas tem tempo para ir embora, porque há um ser que está ali, esperando (e não pode esperar muito). Há um diagnóstico inacabado, uma consulta marcada, alguns exames e terapias sem fim. Há uma agenda lotada e forças esgotadas e renovadas em minutos, porque tem que ser assim. E ninguém perguntou se a mamãe estava preparada, se ela queria essa missão especial. Simplesmente ela se tornou ESPECIAL. Assim! Desse jeito: "Oi, mãe, carrega ESTE filho no colo, agora você é especial!". E ela carrega, e luta, e vai em frente. Ela vai, vai e não para! Corre, trota e até anda, mas não para! Ela é especial!

SOLIDÃO MATERNA

Escrito no mês de maio de 2020.

Recentemente, li dois textos que falam sobre a "solidão materna". Ambos tratam da solidão de mães atípicas com filhas raras. Retratam o sentir-se sozinha em meio ao "grupo mães", sem ser pertença, sem experiências e interações comuns para partilha. E mais, li sobre a solidão na exclusão social. Sinto que poderia ser a redatora dos textos, apenas alterando aspectos únicos relativos à gestação, ao parto, ao tipo de síndrome ou outra particularidade.

Sem dúvidas, após ser mãe, passei a me sentir mais sozinha do que nas diversas situações vivenciadas anteriormente. Muitas vezes, a nossa linguagem não é compreendida e os assuntos não se cruzam com facilidade. As preocupações são outras, de fato. Enquanto tem mamãe com dor de cabeça com o método de alimentação BLW (Baby-Led Weaning), que, em português, significa "desmame guiado pelo bebê", sendo a abordagem de introdução alimentar em que o bebê tem a autonomia respeitada de manipular o alimento, em sua consistência habitual, e levá-lo à boca, existem outras que choram o engasgo do trivial ou que sequer conseguiram tirar o bebê da alimentação por sonda. A maternidade especial é aquela bonita de longe, mas que ninguém quer para si, até não ter jeito, até pegar a manha, até se envolver... Qual mulher está preparada para a solidão materna? Qual mulher quer um filho diferente e raro? Toda mulher quer "fazer parte" e discutir sobre os assuntos badalados pela maioria: amamentação, alimentação, sono e até o cocô. Mas existem peculiaridades que tornam as situações bem distintas e os mundos diversos. A preocupação com o primeiro banho se transforma em mínima para a mamãe recém-expurgada do campo considerado normal. Limpar umbigo vira "fichinha". Amamentação? Difícil o leite não "secar" na vivência do novo e não idealizado, na angústia de dias escuros. O "banho de sol" é o contentar-se com o percurso casa-terapia. Dias de chuvisco são de expectativas e, quando a chuva grossa cede para um dia ensolarado, celebre, que é bênção de Deus!

Eu já sonhei com uma tarde de soneca da Mel no bercinho, com ar-condicionado ligado, "naninha" e cheirinho de bebê; mas, até a pandemia, não lembro de uma tarde livre "de todas as obrigações", para concretizar um sonho tão pequeno de ver a minha bebê dormir tranquila no seu quartinho, sem interrupção abrupta. Ainda teria tanto para escrever, mas bateu saudade da minha bebê, que, depois de um dia nada fácil, cedeu ao sono. Sem pestanejar, rezei para ela dormir e, agora, fico entretida olhando, velando o seu sono. Arrisco um afago na cabeça e até cheirinho no pescoço. Acredito que todas as mães sejam contraditórias assim, vejo esse aspecto comum. No final, sempre o amor é o ponto de interseção. O amor à própria cria. E todas vão lidando conforme a demanda aponta, conforme a música toca. A sua música!

O CHEIRO

Escrito no mês de junho de 2020.

Recentemente, passei longos dias sem sentir cheiro devido ao vírus "destruidor" corona, acometida pela Covid-19. Nos primeiros dias, sequer me toquei que o olfato estava ausente. Depois, em contato com cheiros fortes, percebi que algo estava diferente. Não sentia, por exemplo, o gostoso cheirinho de bebê dentro de casa, o aroma do café quentinho à tarde e nem mesmo o odor «desagradável» das fraldinhas sujas da Melzinha.

A ausência do olfato me levou à reflexão. "Você já se imaginou sem um dos cinco sentidos?" Talvez o olfato, a comparar com os demais, não seja o sentido mais importante, tanto que demorei a perceber que já não sentia cheiro há dias. No entanto, quando em contato com a minha Melzinha, em uma das nossas tardes de chamego, lágrimas escorreram de emoção pelo meu rosto, ao perceber o quanto os cheiros falam sobre os sentimentos, profundos sentimentos. Melzinha é intensidade! Ela ensina sobre o sentir de verdade, através do coração. O cheiro instiga os seus melhores sorrisos e sussurros. Como não me emocionar ao ser invadida com um "tremendo fungado" no rosto? Rosto com rosto a gente se conecta pelo cheiro. Para mim, ela tem aquele cheiro que a gente quer eternizar dentro de um potinho fechado, para toda a vida, para nunca esquecer. Ela é o cheiro do meu momento mais precioso. E eu? Eu, para ela, sinto que sou o aroma do potinho dela, o cheiro da vida, o cheiro de mãe. A gente se prende no toque do nariz com nariz. Mãe e filha, filha e mãe. A ligação do cheiro da carne, o sentido do bicho! Há espécies em que o olfato é o determinante para viver ou morrer, tamanha sua importância. E, para nós, no automático das horas, sequer sentimos a ausência.

Estou em fase de aprendizado com a Mel, que trouxe grandes ensinamentos. Um deles, de valor imensurável, é o "parar". Parar para buscar, sentir, tocar e não se conformar com a superfície dos sentidos. Não é um exercício fácil, tampouco impossível. Pode até ser simples, se você se permitir... Eu, daqui, de pensar, consigo sentir, resgatar de dentro de mim um momento único, pelo cheiro que vivi. O cheiro pode ser vivido.

DIAS DE SOL

Escrito no dia 9 de junho de 2020, quando a Mel iniciou a fisioterapia motora e a terapia ocupacional.

E quando a realidade supera a expectativa? Mães atípicas relatam que esperam o pior de alguns momentos e, se vier melhor, é lucro. É assim: todos os dias há a preparação para uma chuva de desafios e, quando apenas respinga, estamos numa boa margem. Se fizer sol, vale a celebração, pois é bênção do céu.

Após uma noite sem dormir (mais uma), de muitos pulinhos na madrugada e de dores de prisão de ventre, não há muito o que se esperar do novo dia. Naturalmente, seria um dia "enfezado" e de muito choro, ainda mais com o início de mais duas terapias, exatamente hoje! Mas, pasmem, o sol estava estonteante. Teve fisioterapia visual de manhã, teve sonequinha gostosa depois, teve liberação da barriguinha, leitinho no tempo certo antes da fisio motora e terapia ocupacional - evitando qualquer refluxo -, teve muito sorriso durante as terapias e lindas "acrobacias". Minha bebê encheu a mamãe de orgulho ao rolar para todos os lados, sentar-se, fazer posição gatinho e demonstrar muita curiosidade, foco e dinamismo (palavras da terapeuta).

Eu senti tanto orgulho da minha Mel, que até estou emocionada ao escrever. Ela recebeu tantos elogios das titias, que eu me vi corada de alegria. Não é que esse dia chegou, mamãe?! Parece que as coisas estão começando a fluir... "Calma, mamãe, volta para o seu lugar, que amanhã pode ser mais um desses dias chuvosos", disse a razão. "OK, eu sei, mas, hoje, criei a memória de um dia abençoado, de sol, para narrar no conto das nossas vidas, não é? O limite cedeu, meu amigo, agora já sei que também posso saborear raios de luz", respondeu o coração.

A maternidade atípica tem ensinado que os sonhos devem ser vividos dia a dia, sem expectativas para não frustrar; é pé no chão para colher sem sofrimento. Não é que não acredite nas conquistas... Acredito! Minha fé diz que a colheita é certa, mas no tempo dela, e, nesse percurso, tenho que viver sem pensar muito. Só que, no dia de hoje, fui abençoada, num tempo lindo e verdadeiro, mesmo sem programar e esperar por isso. Sim, foi bênção do céu, do Pai! Hoje, vou sonhar sim e, mais, exceder o limite do que podemos conquistar. Então, por mais dias de sol e muita alegria, podem vir!

MAMÃE ESTÁ AQUI

Escrito no dia 11 de junho de 2020.

Em preparação para mais uma consulta importante, fui organizar todos os exames da Melzinha, necessários para a análise da médica. Ao finalizar, deparei-me com a insistente curiosidade de saber quantos médicos e exames já passamos e, pasmem, somei 29 médicos, 25 exames e 6 fisioterapeutas, com 13 dias para 1 ano de vida da Mel. Atônita, vi passar um filme na minha cabeça. Percebam que escrevi "passamos", no plural, porque, apesar da Mel ser a paciente, a nossa participação (mamãe e papai) é tanta que, por vezes, parece que estamos realizando os mesmos procedimentos. Há a angústia do antes, do durante e a certeza, ou até mesmo novas incertezas, no depois. Há preces e promessas. Há coração apertadinho e choroso com as dores da pequena. E, logo em seguida, colinho aconchegante na espera de um corpinho suado e ofegante. Abraço apertado e um sussurro no pé do ouvido: "Calma, filhinha, mamãe tá aqui!". Não apenas nos exames, mães estão sempre sofrendo a dor do filho, não é?!

Aqui, a nova frase recorde é: "Melzinha, você é maior do que esse cocô! Vai dar certo, a mamãe está aqui!". A parte do "a mamãe está aqui" é complemento para qualquer frase de força. Pois, sem dúvida, a mamãe sempre estará aqui ou acolá; ou aonde a Mel gritar. Mamães estão em todos os lugares. Lá, aqui, com a cabeça a mil e milhões de resoluções pendentes, com o coração sempre a bater na direção do amor maior, aquele que pulsa fora do próprio peito. Amor maior de mãe é filho, sinto informar, na contramão do romantismo esperado de amanhã, Dia dos Namorados (que o papai não leia essa parte). Então, vou correr para a cama, abraçar o papai, como quem pede desculpas por algo que sente, inevitavelmente sente! E não podia ser diferente, quem saiu das suas entranhas? E mesmo quando não é expurgado do seu ventre, é amor escolhido para amar de forma especial.

CASAL

Escrito no dia 12 de junho de 2020. Comemoração do Dia dos Namorados.

Há 7 anos, num barzinho, iniciava uma história, um conto, talvez o primeiro. Existiam copos cheios e corações acelerados. Ele ainda tinha cabelos, e não eram brancos (brincando, amor!). Ela conseguia manter as mechas em dia, um leve bronze, unhas pintadas na cor da moda à época, e, até arrisco dizer, braços torneados de academia. Blusa de alcinha, sutiã de renda, nos "trinks" e sem vergonha. Ele ainda não tinha sonhos de filhos. Ela já tinha, mas não para logo. Ele racional, ela sonhadora. Ele pé no freio e ela no acelerador.

A mil por hora, então aconteceu! Paixão, namoro, amor, casamento e Melzinha. Chegou Melzinha, ela que é o principal conto. Hoje, rostos sem tanta jovialidade, preocupações e tempo que aceleram o amadurecimento. Cabelos e unhas a fazer, copos vazios, pois as prioridades mudaram. Alcinhas nem sempre são permitidas pelo autocriticismo feminino. No entanto, os olhos ainda brilham e o sorriso persiste em ser presença. Medos transformados em superações. Expectativas frustradas, ressignificação dos conceitos, desmistificação do engessado, realidade que vai se estabilizando e mostrando belezas inimagináveis.

Quando é belo, é bem mais belo do que o esperado. Expectativas, em alguns momentos, superadas no mais alto grau. Dor extrema e felicidade também. Mix do oito e 80, e busca da manutenção da fé e dos sentimentos. Melzinha furacão e doçura. Nós, pais, duas pessoas que se transformaram em três e dois sonhos que se tornaram único. No centro, ímã que é luz, que veio clarear o que antes era escuro em nossas vidas. Que veio abrandar nossos corações e mostrar o real significado da palavra felicidade. Meu amor, feliz Dia dos Namorados! Muita felicidade para o nosso trio de AMOR.

SER PONTE

Escrito no dia 14 de junho de 2020.

Uma mensagem no celular que dizia: "Oi, mãezinha, tomei a liberdade de passar o seu telefone para outra mãe, que o bebê nasceu com malformação nos olhinhos e precisa de ajuda". Minha primeira reação foi de emoção: chorei, lágrimas despencaram ao imaginar todos os sentimentos dessa mulher que acabara de receber em seus braços um filho diferente do sonhado durante os 9 meses de gestação ou mais. Lembrei de mim quando a Mel nasceu. Respondi: "claro", e, em todo o meu ser, desejos de conseguir amenizar a dor daquela mãe. Suspirei, pedi o dom da palavra ao Espírito Santo, e não esperei ela me contatar, fui à sua procura.

Ansiosa, queria dizer que, embora não me sinta capaz de tirar a dor do seu peito, posso passar um pouco da minha curta vivência, na expectativa de minimizar um "tiquinho" das suas angústias. Não posso dizer que a dor vai sumir por completo, que ela não vai se pegar sonhando com o filho desejado; mas, sim, posso dizer que o tempo é precioso no processo de aceitação, que os choros desesperados dão espaço a momentos de prece, que Deus não abandona e as portas vão se abrindo, que os anjos se aproximam. Quero pedir para que tenha paciência e tente não pensar no futuro, que viva um dia de cada vez, apesar de saber que vai chorar, vai sofrer e se desesperar. Faz parte! Quero abrir a cabeça da mãezinha e colocar um pouco do que aprendi nesse tempo, pegar seu coração e lapidar, deixando só emoções positivas. Quero dizer para ela tirar fotos do filho, fazer book de recém-nascido; tomar banho de sol com roupinhas escolhidas a dedo, curtir o cheirinho de leite.

Muitas vezes não conseguimos nos alegrar e fazer tudo o que estava programado. São outras prioridades. O leite seca, a gente não tem cabeça e nem vontade de pensar em fotos. Hoje, orgulhosa, tiro "flashs" da minha Melzinha, nada profissional, mas com o olhar de amor de mãe. Uma mãe saudosista de algo que não viveu. Gostaria de ter uma máquina para voltar e ter minhas dores apagadas, conseguir ver a beleza no início. Mas, por outro lado, sou uma mãe ciente de que as dores foram necessárias para "encouraçar" e permitir uma vivência mais estável.

A dor não some, ameniza, mãezinha. Acalma! Sabe essas suas perguntas? Várias delas serão respondidas no percurso, naturalmente. O conselho mais sábio, seria: "Joga-te nos braços do Pai e deixa acontecer... aceita e vê as respostas aparecerem. Confia que Ele não abandona. Não pensa, não sofre, não apressa o tempo. Tudo é válido! Ao olhar para trás, você vai perceber..." Falar é racional, viver não. Eu mesma posso pegar a frase e estampar num quadro para ler, ler e ler. Sempre! Sabe por quê? Porque nunca vai passar, cada etapa são de novas expectativas e sentimentos, mas, sem dúvidas, há um pouco mais de maturidade para trilhar os novos caminhos.

Ai, mãezinha, como queria colocar você no colo e mostrar o que percorri até aqui, mostrar com as minhas lentes, fazer uma planilha do que precisei e te dar todo esse um ano, meus acertos e meus erros com a visão que tenho hoje, para que não caia nas mesmas armadilhas; para que seja mais sábia e leve em alguns momentos. Mas não posso. O que posso fazer é mostrar que você não está sozinha e, assim, meu coração também se enche de gratidão. Gratidão por fazer o que muitas mães, que estão mais na frente do percurso, estão fazendo por mim. Gratidão por ser acalentada e por poder acolher da mesma forma. Força, mãe! Fé e amor também não podem faltar. Estarei sempre aqui! Vou indo ali, pois tenho umas dobrinhas para fotografar.

SOBRE "LALINHA"

Escrito no mês de junho de 2020.

Lara ou "Lalinha", como costumo chamar, é a sobrinha mais nova, filha da minha irmã Melissa, aquela que nasceu para me ensinar sobre resiliência e aceitação. Ensinar que o amor pode ser multiplicado. Lalinha é doçura, ternura e encanto. Sem dúvidas, será uma irmã para Mel, já vejo uma linda amizade, como a minha e de sua mãe.

No início, não gostava da história de que Lalinha teria nascido na mesma época da Melzinha para ajudá-la a se desenvolver. Como toda mãe, só queria que minha filha pudesse conquistar os marcos de desenvolvimento como a maioria das crianças típicas, sem precisar ter alguém para tanto. Hoje, sei que tudo foi pensado mesmo por Deus, que não falha. Essa amizade promete bons frutos. Vejam, próximas, a Lalinha poderá ser os olhinhos da Mel quando a acuidade visual não alcançar toda a dimensão necessária; e poderá ajudá-la a escutar, quando a Mel não conseguir distinguir algum som. Por outro lado, Melzinha poderá ensinar a Lalinha a enxergar com o coração, a não fazer distinção nas diferenças, a ser mais humana. Prevejo uma troca linda, de muito amor. Escrevo isso emocionada, pois jamais imaginei que absorveria essa compreensão.

A FENDA E A FORÇA

Escrito no mês de junho de 2020.

A Mel possui fenda no palato, que é uma malformação no céu da boca, uma abertura (buraco) que faz uma ligação anômala com o nariz. Quando ela nasceu, eu e meu marido nos perguntávamos: "Por que essa malformação a mais? Não bastavam as outras duas?". E, de forma irônica, nós nos respondíamos: "Foi só a cereja do bolo". A gente via a fenda como o menor dos problemas a enfrentar, sequer perdíamos tempo pensando sobre se afetaria o dia a dia da Mel ou, ainda, se deixaria sequelas após a cirurgia para fechá-la. Já eram tantos pensamentos e dúvidas em nossas cabeças.

Ocorre que, já na primeira semana de vida da Mel, precisamos contratar uma fonoaudióloga para ajudar com a sugada do leite, além de ensinar técnicas que evitassem o seu retorno. Nós, com uma rotina externa tão intensa (consultas, exames e terapias), não prosperamos com a mamada diretamente nos seios, e, então, foi preciso adquirir novas mamadeiras, que fossem de mais fácil sucção para a Mel. Percebemos que a rotina ficou bem mais difícil e dolorosa exatamente por culpa da fenda no palato. No dia a dia da Mel, a fenda acarretou refluxos mais intensos, engasgos e retornos constantes de leitinhos e demais alimentos pelo nariz, além dela ficar mais propensa a resfriados.

Lembro do primeiro retorno abrupto de leite pelo nariz. A Mel tinha bebido o leite e eu a estava arrumando para uma consulta com a oftalmologista. Assim que a levantei, após colocar a fralda, o líquido espirrou em grande quantidade pelo nariz, encharcando toda a bancada, o trocador e a minha roupa. Ali, tive uma crise de desespero. Assustada e bem triste, coloquei (leia-se "joguei") a Mel no berço e comecei a chorar, pensava: "Meu Deus, por quê? Como vou suportar mais isso na nossa rotina?". Não tive tempo para pensar na resposta, pois, ao olhar para o relógio, percebi que já estávamos em cima da hora da consulta. Peguei a Mel nos braços, limpei o seu nariz e seguimos.

No carro, eu ia cheirando a sua cabeça e pedindo desculpas pelos meus pensamentos e a forma que a coloquei no berço. Na recepção do consultório, vi tantas outras crianças com deficiências e percebi que muitas outras mães carregam nos ombros lutas similares, algumas até piores. E foi então que fiz mais um pedido de desculpas em meus pensamentos, agora a Deus, aproveitando para agradecer pela minha filha da forma que me foi presenteada.

Hoje, penso na fenda da Mel como "a minha força diária", a malformação que me fortaleceu durante os dias, pelas suas exigências. Tive que ser forte, incontáveis vezes, para ver a comida voltando de forma inapropriada e mostrar para a minha filha que "tudo bem", mesmo quando, dentro de mim, eu queria fugir, morrer. As lavagens nasais eram torturantes no início. Vê-la chorar e espernear, acabava comigo. Tive que aprender a controlar minhas dores e meus sentimentos para passar segurança para ela. Sinto que consegui.

No começo, aconteceu de forma forçada. Eu rezava e pedia para Deus me ajudar naquelas situações. Depois, eu já não tinha problema com a fenda, começamos uma "relação de amizade", eu já sabia como domar a situação, o que se tornou possível também com a ajuda e o acompanhamento da Dra. Elyne Lacerda, fonoaudióloga, que, além de cuidar carinhosamente da Mel, acolheu-me além da relação "profissional x mãe de paciente", mas também como amiga.

Durante as alimentações da Mel, a frase que mais saía da minha boca, como um mantra, era: "Calma, filha, vai dar tudo certo, a mamãe está aqui". Eu também dizia quando ia limpar o seu nariz: "Filha, mamãe vai limpar o seu narizinho agora". Antes, ela esperneava, depois conseguiu entender que era para o seu bem, até que, atualmente, já inclina a cabeça na melhor posição para a limpeza.

Essa minha "falsa amizade" com a fenda já tem tempo certo para terminar, na primeira cirurgia da Mel, e, como tenho afirmado, fazendo analogia com uma viagem de avião, será a nossa "conexão", momento em que faremos uma parada e voltaremos a seguir voo, com destino a outros obstáculos e vitórias certas.

INCLUSÃO

Escrito no mês de julho de 2020.

Sempre acreditei na existência de um propósito na minha vida com o nascimento da Mel e, entre sonhos, coincidências e desejos, percebi a inclusão como uma das lutas que anseio abraçar. Sou mãe de uma criança com deficiências e me sinto no dever de jogar sementes no mundo, para que, no futuro, ela, minha Mel, possa vir a colher os frutos; ou até mesmo outras pessoas que não se enquadrem no que a sociedade entende como padrão.

A inclusão social, apesar de ser mais discutida atualmente do que em tempos passados, ainda tem muito corpo para ganhar, não só na elaboração de leis mais inclusivas como, principalmente, na aplicabilidade. Todas as pessoas, independente das diferenças apresentadas, devem ter acesso às mesmas oportunidades. Os meios devem ser acessíveis de forma autônoma e independente pelas pessoas com deficiência.

Comecei a estudar o tema e ver formas de começar a plantar a minha sementinha, e foi aí que decidi iniciar pela minha família, mostrando que ser diferente do padrão também é "OK". Decidi presentear os priminhos da Mel com um livro chamado de Olhando com Ritinha, da escritora Sharlene Serra. Ele gira em torno da personagem Ritinha, uma criança com deficiência visual que enxerga o mundo com as mãos e o coração, como a Melzinha. Escrevo para dizer que aceito essa missão de mostrar - iniciando pela minha família - que "tudo bem" ser diferente dos demais, que "limitadas" são as pessoas que não sabem lidar com a diversidade, que são imbuídas de preconceito e ausência de amor.

Rogo para que Ritinha e Melzinha encontrem espaço em cada coração, nas famílias, nas ruas e praças, colégios, cinemas; com oportunidades e direitos iguais. O livro faz parte de uma coleção chamada "Incluir", que traz outros quatro personagens, cada um com a sua especifidade no desenvolvimento - síndrome de Down, autismo e as deficiências auditiva e física. Todos os temas abordados de forma lúdica, verdadeira e inclusiva.

SENSAÇÕES

Escrito no mês de julho de 2020.

Queria falar sobre sensações. Ontem, peguei a Mel no bercinho e decidi levar para a minha cama – fazer a tal "cama compartilhada" –, e acordei agora, satisfeita, achando que já era dia. Deitei a Mel no meio da cama – de um lado, proteção de travesseiros e, do outro, eu. No início, foi difícil de pegar no sono, fiquei com o nariz entranhado nos cabelos dela, deliciando-me com o cheirinho de shampoo e bebê. Eu tirava o rosto, suspirava e fazia um agradecimento a Deus. Depois, colocava a cabeça próxima da dela de novo, recomeçando o processo: aninhando, cheirando e agradecendo. Quando me afastei e fechei os olhos, senti uma mãozinha a me tocar, parecia que queria saber se eu ainda estava ali. Viu que sim, que estava protegida, e retomou o soninho.

Com o passar de uma hora, estávamos na posição de conchinha, no encaixe mais perfeito. O corpinho dela parecia uma pecinha pronta para conectar ao meu. Por algum tempo, cheguei até a sentir meu útero aumentado, como se, por um milagre, a Mel voltasse para o aconchego daquele quentinho. Ali estávamos nós, no melhor soninho de todos, flutuando. Ela, por saber da presença da mamãe, e eu, por ter em meus braços, tão aconchegada, a minha menina. Ambas, matando o cansaço num abraço, envoltas num manto de amor. Chorei, sem dor. Era um choro de prazer e alegria. Chorei, vi as lágrimas molharem a cama e pedi a Deus que as recebesse como gratidão. Sensações. Ah, sensações! Descobri ser capaz de chorar de alegria.

AMAMENTAÇÃO

Escrito no mês de julho de 2020.

As mulheres crescem com o sonho de ser mãe, em sua maioria. A maternidade vem com o desejo da amamentação, nutrir a própria cria com o alimento produzido pelo seu corpo. Eu sonhei com a maternidade e com a amamentação. O momento mais sublime esperado era aquele de capas de revistas "Mamães & Bebês", na cadeira de balanço, a mamãe segurando o seu pequeno, olho no olho. Imagem de maior paz e plenitude. No entanto, o meu maternar teve que se contentar com o leitinho na mamadeira especial, às vezes atravessado nas cadeiras de consultório ou até dentro do elevador. Existia uma fenda no palato, algumas outras malformações para serem ingeridas pela recém-mamãe, mil preocupações, incertezas, inseguranças, consultas, exames e terapias.

Sei que nada disso é impeditivo, mas eu não consegui. As lágrimas cresciam e a quantidade de leite diminuía, em proporções equivalentes, até que, com 25 dias, os seios secaram. Teve dor e sentimento de frustação colocados embaixo do travesseiro, pois faltava tempo para pensar e até o sofrer tinha que ser seletivo. Quando se tem tantas angústias, a gente tem que priorizar o que vai fazer chorar e o que dá para passar... E a gente pensa: “Mais lá na frente, mãezinha, quem sabe você tenha o luxo de sofrer com isso, quando tudo se acalmar.” Não estou tirando a importância do amamentar e nem julgando as mamães que sofreram muito com essa etapa. Pelo contrário - era um sonho -, apenas constatando que, em meio aos problemas enfrentados, eu tive que escolher com o que poderia sofrer, para não quebrar de vez. Agora parei, observei algumas fotos e me permiti estar saudosa de algo não vivido.

Hoje, coloco tanto amor nas sopinhas preparadas que é como se eu dissesse: “Filha, eu não consegui, mas cá estou preparando a comidinha com todo amor do mundo para você”. Eu seleciono os legumes, vou cortando pedacinhos pequenos, misturando ingredientes com o objetivo de chegar no sabor mais perfeito ao paladar dela. Tem dias que espero ansiosa pelo momento de preparar a sopinha e faço com prazer; maior ainda é a alegria do momento de vê-la comer. Eu repito que a mamãe preparou a comidinha com todo o amor do mundo para ela e a Melzinha até sorri. Talvez ela não saiba, e nem eu ao certo, mas, no meu íntimo, esteja compensando o que não pude dar, o que não pude viver. A frustração da amamentação mexe com a gente, mas o senso diz que não podia ser diferente. Então, aceito!

Para finalizar, preciso escrever algo que me entalou durante alguns meses. Já não bastam as nossas dores e cobranças, as pessoas também não ajudam, né?! Aqui, faço um pedido: mais compaixão com a dor do outro. Às vezes, nem é intencional, mas sempre tem aquela pessoa que pergunta, por mais de uma vez, "por que você não está amamentando, pois a fulana amamentou e o filho nunca adoeceu". A mãe já sabe, já se culpa e até se pune. Então, não sejamos mais uma gotinha que gera tristeza. Os comentários, inclusive, muitas vezes vêm de quem até já sabe a resposta, ou pelo menos imagina, mas talvez não entenda o que a mãezinha está passando, pois nunca viveu igual. Aos olhos dos outros, os motivos podem ser pequenos ou não sabem que o domínio do corpo pela mente não é algo tão fácil. O colocar-se no lugar do outro ainda é o melhor a se fazer, em qualquer situação. Digo isso sem mágoas, só com amor no coração.

PILARES DE SUSTENTAÇÃO

Escrito no mês de julho de 2020.

Quando do nascimento da Mel, para me manter em pé, precisei de pilares para apoiar. Sabe a criança que está aprendendo a andar? Ela começa se mantendo em pé com algum suporte, que pode ser coisa ou pessoa. Fui essa criança aprendendo a andar e, para isso, tive, como pilares de sustentação, a minha rede de apoio, a busca da fé e, por conseguinte, a gratidão. Não sei se posso chamar de sorte, prefiro acreditar que Deus me colocou no meio certo e, consequentemente, a Mel também.

Digo com isso que nasci no seio da melhor rede de apoio, a minha família. Foi essa família que segurou a minha mão em cada passo, que me viu cair e me levantou por incontáveis vezes. Foi essa família que me guiou, possibilitando o meu caminhar sozinha em seguida. Sozinha não de estar só, mas de conseguir seguir com passos próprios, com a certeza de que permanecem ao lado, como pais que acompanham e observam o filho, mas que não precisam mais circundar com o receio da queda. Vi a minha mãe abandonar o seu lar e deixar os meus pai e irmão para se alojar na minha casa, unicamente para se doar, para cuidar de mim, da Mel e do meu marido.

Todos nós precisávamos de colo. A Mel, recém-chegada ao mundo, eu, uma mãe vivendo um luto sem morte, e um pai carregando um fardo tão grande, querendo amenizar todas as dores e cuidar dos próprios sentimentos, sem ter a quem dar as mãos no meio do novo que se descortinava. Vi as minhas tias cuidarem de nós como fariam com os próprios filhos e a minha irmã, grávida, abandonar todo o pré-natal e a ternura da gestação para viver as nossas dores. Nossos pais, irmãos, cunhados, primos, ali ao lado, rezando, emanando energias positivas para os nossos dias escuros. Muitos amigos, antigos e novos, também apareceram e disseram: "Estamos aqui". E estiveram agregando a nossa rede de apoio. Vi pessoas tomando o lugar de anjos, na acepção da palavra. Ou melhor, anjos renascendo em pessoas para nos ajudar. Vi inúmeras portas que se abriram.

Outro pilar importante foi a fé. A busca constante da fé em Deus. Fé cega, fé no que não pode ver ou sentir. A leitura da Bíblia, de livros e textos que trouxeram forças aos nossos dias. Cito, aqui, o livro Sorrindo para a Vida, que foi um bálsamo de fortaleza jorrado no meu caminho. Vivências de mães e pais de crianças com deficiências, que me faziam soluçar e rir ao mesmo tempo. Ali, na leitura daquelas páginas, percebi que era possível contornar toda a situação e ser feliz. Feliz de verdade! Eram pessoas que narravam histórias de luta e superação, muitos casos bem mais complexos do que os vivenciados por mim com as questões da minha Mel, e demonstravam alegrias em seus dias.

Durante o processo, tive a oportunidade de conhecer várias dessas pessoas. Hoje, muitas delas foram acrescentadas também à minha rede de apoio, que cresceu de forma exponencial. E o medo que eu tinha de ficar sozinha na jornada caiu por terra. Lógico que há batalhas que ninguém poderá lutar no meu lugar, mas saber que todas essas pessoas estão ali (ou melhor, aqui) basta. E, com a rede de apoio forte e a fé crescente, surgiu o sentimento de gratidão, outro pilar importante, para a minha sustentação.

ARYA STARK

Escrito no mês de julho de 2020.

Para mim, Arya Stark é mais que um nome fictício retirado da série de livros As Crônicas de Gelo e Fogo, de George R. R. Martin – adaptada para a TV como Game of Thrones, título do primeiro livro. A jovem guerreira, caçula da família Stark, foi inspiração para o nome escolhido para batizar a nossa cadela, da raça Shih-tzu, que completou quatro anos em 5 de janeiro de 2020. Arya, como a chamamos, é uma cadela cheia de vida, protetora e fiel, considerada a nossa filha primogênita, minha e do Fabrício. Ela, com toda a sua sensibilidade animal, soube que eu estava grávida antes mesmo de fazer o teste de gravidez, quando passou a dormir, de uma hora para outra, colada à minha barriga, como se tivesse alguém para proteger lá dentro. E tinha! Só depois liguei a data que ela passou a se encostar na barriga, durante as madrugadas, com o fato de já estar grávida. Vez ou outra, eu e o Fabrício rimos muito ao imaginar o que a Arya deve estar pensando sobre tudo o que vivemos nesse longo primeiro ano de Mel. E a conclusão se resume a: “Seria mais fácil se vocês tivessem adotado outro cachorro”. Pois é, seria mais fácil sim. Seria gostoso também, mas ela sabe, tanto quanto eu e meu marido, que precisávamos da Mel no nosso viver. A menina “caçula” que chegou virando as nossas vidas de cabeça para baixo, trazendo muitas incertezas e noites sem dormir (incluindo a Arya), mas, sem dúvidas, também trouxe mais vida e amor para o nosso lar.

Sempre mentalizei, durante a gestação, o meu momento perfeito, que seria nós quatro deitados na cama, no geladinho do ar-condicionado, cheios de cobertas e chameguinho. Desejo concretizado, o melhor dos meus sonhos! A relação das duas “meninas” ainda é “cada qual no seu quadrado”, mas já existe uma cumplicidade linda. Engraçado que a única pessoa que pode puxar os cabelos da Arya, sem receber uma rosnada brava ou arriscar uma mordida, é a Melina. As duas compartilharam as primeiras noites no quarto da Mel. A Arya passou a dormir embaixo do berço, o que estranhamos bastante, já que sempre foi colada em nós, não se distanciando nem durante um curto momento em que levantamos para buscar água na cozinha.

A proteção é tão grande que, até hoje, desconhecidos, ou pessoas que não são da nossa convivência rotineira, não entram no quarto da Mel sem a supervisão da Arya. É amor que não se explica, mas vivemos nos nossos dias. Nosso lar completo, com a presença de um ser sensível e peludo.

MÊSVERSÁRIOS

Escrito no mês de julho de 2020.

Os meses de vida da Melina foram comemorados de forma bem diferente do usual. Em cada mês, era escolhido um convidado especial. No primeiro mês, convidamos nosso Pai maior, Deus, e nossa mãe, Maria, além de familiares e amigos queridos. No segundo mês de vida, o convidado especial foi São Miguel Arcanjo. Ora, nos dois primeiros meses, o tempo rastejava, as noites eram sombrias e as lágrimas insistentes. Durante o dia, os olhos inchados e o choro preso na garganta. Não restavam dúvidas, precisávamos de um forte auxílio no combate diário.

> *“São Miguel Arcanjo, defendei-nos no combate, sede nosso refúgio contra a maldade e as ciladas do demônio. Ordene-lhe Deus, instantemente o pedimos, e vós príncipe da milícia celeste, pelo Divino Poder, precipitai ao inferno a Satanás e a todos os espíritos malignos, que andam pelo mundo para perder as almas. Assim seja!”*

No terceiro mês, convidamos o anjinho da guarda da Mel para a festinha, para dar alegria e leveza aos nossos dias. Já imaginaram o que um anjo da guarda de uma criança é capaz de fazer? Não? Pois tentem imaginar. Nossa casa se encheu de puros e intensos sorrisos.

“Santo Anjo do Senhor, meu zeloso guardador, já que a ti me confiou a piedade divina, sempre me rege, guarda, governa e ilumina. Amém.”

Assim seguiram todos os demais meses, com muita oração, amor e um convidado especial. Os convidados especiais, na medida que iam fazendo parte da lista, tornavam-se “VIPs” em todos os eventos das nossas vidas.

Posso citar que a presença dos sobrinhos Lucas, Isis e Lara (esta, desde que nasceu, em outubro de 2019) enchia as festinhas de alegrias. Todos eles procuraram estar perto da Mel e mostravam um grande orgulho em tê-la como prima. Trocando mimos e pequenas experiências. Os sobrinhos de Brasília, Bernardo, Luísa e Talita, também faziam questão de acompanhar as festinhas através de ligações telefônicas de vídeos, tornando os meses ainda mais divertidos e especiais.

Desde que soube que a Melina estava dentro de mim, desejei

a sua felicidade. Ao tê-la em meus braços, quis o seu sorriso. Durante as comemorações, clamava e agradecia pela sua alegria, que enchia o meu coração dos melhores sentimentos. Ah, se eu pudesse parar o tempo em um sorriso, congelar a leveza da sua fisionomia, embalar num laço de fitas e guardar... Guardar para quando o dia estivesse nublado. Nossos meses eram comemorados sempre com muitos sorrisos, visando a construção de memórias felizes e capazes de iluminar todo o caminhar da Mel.

SAUDADE

Escrito no mês de julho de 2020 (em meio à pandemia da Covid-19).

Durante todo esse período de reclusão, que faz 4 longos meses, muitos sentimentos brotam instintivamente. Um deles é a saudade. Saudade que assola o peito como uma faca afiada. É a dor da ausência dos nossos. A nossa família sempre foi o nosso maior contato e estar longe é bastante difícil. É indescritível a falta que um abraço faz. A falta de um abraço querido. Temos família em diversos cantos do Brasil: Fortaleza, Brasília, Teresina, Natal e São Paulo. Com a família de Fortaleza mantemos a maior parte dos nossos dias, pois é a nossa cidade de morada. Compartilhamos almoços, jantares, passeios nas praças e praias, além de eventos em geral. Dividimos com mais frequência abraços, histórias e sorrisos. Com a família de Brasília, estamos juntinhos fisicamente de forma sazonal, mas não menos importante.

Atualmente, com todos, compartilhamos os nossos dias através de contatos telefônicos e meios de comunicação em geral. O que vivíamos apenas com os segmentos das nossas famílias em outros estados, está sendo empregado com os membros mais próximos também. Ver o desenvolvimento do outro através de fotos e vídeos. O sobrinho que ganhou um dentinho a mais e o vovô que cobriu a cabeça de cabelos brancos. O aniversário que passa sem a presença e sem o toque. O encontro pessoal sem tanta intimidade, com as crianças que se estranham com o rosto desconhecido. Mel fez um aninho de vida e todo o sonho de juntar a família numa festinha, ainda que simples, não foi possível. Nossa família de Brasília, que já tinha programado de estar presente, teve que postergar a viagem para um outro momento.

Não podia ser diferente, mas que falta que fazem nos nossos dias, nas nossas vidas!

Estamos sempre conversando com a Mel e falando dos titios, priminhos e avós que moram distante, para que ela, mesmo sem que perceba a presença física, saiba da existência e do amor que sentem por nós, por ela, que é mútuo e recíproco. Falamos que fazem parte das nossas vidas, que são a base da nossa existência e possuem o nosso sangue; aqueles que ficam quando todos vão embora. Família é amor que não se esquece, amor que só aumenta, independente de pandemia ou espaço geográfico. Por enquanto, aqui do nosso cantinho, celebraremos a tecnologia (que nos permite a proximidade virtual), mas nada como um abraço apertado, que vivenciaremos em breve e terá o melhor gostinho do mundo.

A MÃE E O SOL

Escrito no mês de julho de 2020.

A mãe é o sol que acorda cedo, com tímidos raios a brilhar, trazendo luz para o novo dia. É aquela que contempla a criação e luta incansavelmente pelo viver. Bate o cansaço, chegam momentos difíceis, mas ela se reinventa para continuar. E continua! É o sol que insiste em aparecer entre as nuvens do dia nublado, esquentando o coração desejado. A mãe esquece da própria fome para saciar outra barriga vazia, ou não tão vazia. Ela prioriza outro ser, de dependência inicial. Mas não só porque é inicial. Ela priorizará sempre! É raio de sol que cruza com a lua no final do dia; que sabe que o seu tempo passou, mas insiste em se fazer presente por mais um pouco. A mãe é a naturalidade de um dia que nasce porque se acostumou a nascer, mas é a essencialidade da vida. É o colo por quem se chora de saudade. É o sol junto da brisa fria, o vento que chega quente e faz o

céu ganhar movimento e cor. Mãe, ela que é capaz de chorar de felicidade e rir para esconder uma dor. Raio tímido que se faz forte ao esquentar ou raio esplêndido que apenas atenua o frio de um dia. Paradoxo entre o respirar (apenas) e o viver em abundância. É vida que encontra sentido em outra vida. "Mel, meu ser brilha por você, como sol!"

A MULHER MARAVILHA

Escrito em julho do ano de 2020.

Fazia tempo que eu não chorava com a Melzinha em meus braços. Ou, melhor, fazia tempo que eu não chorava. Eu me fantasiei de Mulher Maravilha e, por algum tempo, achei que pudesse ser ela... Durou muito tempo, mas hoje o reinado da super-heroína acabou, ou pelo menos deu uma trégua. Havia prometido ser forte e, quando sentia o sopro da dor, o pensamento era desviado para algo bom. A minha escolha era de rir diante dos problemas, rir na cara do problema (afrontosa assim!), e, como uma mágica, o problema amofinava, colocava o rabo entre as pernas e fugia. Fugia de mim! Bravo! Estava dando certo. E, eu, sempre vencedora, maravilhosa, incansável artista acometida da síndrome de "Anne with an E". Hoje, minha tática não despistou a dor, ela lutou de forma insistente. No início, também lutei bravamente, mas desisti no segundo round, ou no terceiro, quarto, já nao sei ao certo. A verdade é que, hoje, tirei a fantasia para respirar, para ser humana! Uma mãe que aceita que tem problemas e que pode sofrer e chorar. Ah... chorar... Cansada de afrontar e vencer. Hoje cedi ao cansaço e está tudo bem, espero que sim! Há dias em que a Mel está com prisão de ventre e, com a fenda no palato, o leite retorna, a comida volta, tem choro e até engasgo. Volta pela boca, pelo narizinho. Achei que estávamos acostumadas, ela e eu. Mas me enganei: mãe não se acostuma em ver filho sofrer. Hoje, mamãe repetiu "tô aqui, filha, vai ficar tudo bem", mas a voz estava embargada e o choro saiu. Era choro guardado, que emergiu das profundezas. Duphalac, minilax, peglax (e todos os "lax" do mundo), as mais variadas receitas médicas de pediatras e gastros não fizeram efeito. Leite de magnésio, mamão, ameixa, jerimum, mudança de sopa, água, simpatia, muita água, mantras, água de novo, frequências, fibras, massagem, dicas de vó, tudo foi tentado e re-tentado. Agora é Deus e oração. Na verdade, sempre fazem parte da primeira e da última opção, e de todo o processo também: Deus e oração! Por hoje, vou aceitar adormecermos juntas, filha, de cansaço e de tanto chorar. Talvez seja dia de lavar a alma para amanhã, um novo dia!

Renovada, outras artimanhas a mamãe irá tentar para bater de frente até solucionar... E vai dar certo. Ah.. como queria toda a dor em mim! O engraçado é que a sua dor em mim seria maior em quantidade, mas bem menor em termos de qualidade. Seria dor de menos intensidade, sem dúvidas! Porque seria em mim, não em você! Por hoje, filha, decidi que vamos ficar assim abraçadinhas, uma na outra, até esquecer, até vencer, mas não lutando; apenas acreditando que o destino também age, mesmo na inércia, pois "tudo concorre para o bem daqueles que amam a Deus", está na Palavra (Romanos 8, 28).

SOBRE ACEITAÇÃO

Escrito em agosto do ano de 2020.

A aceitação não é o começo ou o fim. Aceitação não tem marca divisória. Aceitação é todo o processo. Anseios, planos e sonhos de uma vida (a maioria das mulheres sonham com a maternidade) não são expurgados de forma racional e intencional, como se a mãe fosse capaz de cruzar uma linha delimitadora nos sentimentos: "A.FA" (antes do filho atípico) e "D.FA" (depois do filho atípico), em analogia com "a.C" (antes de Cristo) e "d.C" (depois de Cristo). Seria bom, mas não é real! Há quem defenda que existe um luto a ser vivido, o luto da criança idealizada, para que, somente depois, a mãe aceite a criança recebida/presenteada. Talvez. Mas também não acredito que seja algo automático, que depois do sofrimento venha a aceitação, como um canal que a gente muda na televisão. Não! Não é simples assim! Aceitação é processo e vivência. Aceitação é conhecer e amar "apesar de". Aceitação é amar tanto ao ponto de as deficiências se tornarem detalhes. Mas não deixam de existir. Existem, estão lá, e vez ou outra você vai lembrar e pensar no "como poderia ter sido". Ninguém é robô, que decide que, a partir do momento x, aceitou! A aceitação é construída com base no amor. Aceitação é um estado de espírito, é optar por ver a beleza na diferença. Aceitação é luta incessante e interna contra as comparações inerentes aos seres humanos. Aceitação não pode ser delimitada por uma data ou um episódio. Aceitação é o dia a dia, é a luta na rotina. É uma vida. É a busca da felicidade. É AMOR E PONTO. O contrário da aceitação seria a rejeição, a desistência, a ausência de amor. Lógico, tudo isso na minha humilde concepção de recém-mãe, lidando com as novidades inesperadas da atipicidade. Por isso, para quem pergunta: estou em aceitação, ou seja, em processo, o que dura uma vida. E isso não significa ausência de amor. Muito pelo contrário. A gente aprende a amar de uma forma que transcende o explicável.

A CICATRIZ

Escrito no mês de agosto de 2020.

Hoje toquei na cicatriz da cirurgia cesárea como nunca fiz até então. Senti uma linha traumática que foi suavizada pelo tempo. Talvez anteriormente, durante algum banho, a mão já a tivesse percebido, mas não encontrou nada além de dormência, não foi possível senti-la verdadeiramente, como nesse instante, que, ao tocá-la, foi como se "clicasse" no botão das memórias. Pude sentir bem além da dormência. Havia ali sinal da existência de dor e de vida, não era uma simples linha em relevo. Ao toque, percebi uma lesão que fala, que conta uma história. Senti-me como que curada de algo que nem sei explicar ao certo. Talvez do medo de, através da marca no corpo, saber de uma realidade imutável, de uma responsabilidade que me tornou mãe atípica. Talvez o receio de racionalizar ou internalizar sentimentos confusos. Não estava preparada para encarar a mim mesma, deparar-me com a minha alma além do ego, minhas inseguranças e meus anseios. Hoje senti e revivi dores e tambem alegrias. Vi-me vitoriosa e tive orgulho da minha cicatriz. Rememorei a minha insegurança ao segurar pela primeira vez a minha filha, que chegou diferente dos contornos traçados em meus sonhos. Caminhei por lutas, temores e até sorrisos. Pude vislumbrar, além da linha do horizonte, descobertas lindas. A linha do medo se transformou em uma base de orgulho, tendo como principal enredo, para além da dor, os sentimentos de amor e vitória. A percepção clara de que toda a vivência me trouxe até aqui, com a certeza de que Deus, de fato, "escreve certo por linhas tortas". A realidade transforma mais do que os sonhos e, ao final, a ciência de que o presente chegou melhor do que toda a lista de pedidos.

A AVÓ DOAÇÃO

Escrito no mês de setembro de 2020.

Ela acabou de sair daqui, da minha casa, e, se eu pudesse descrevê-la em uma única palavra o que representa sua presença, diria: doação. Ela é mãe e você pode achar que isso basta, que ela cumpre o seu papel assim como as outras mães. Engano seu. Quando o assunto é minha mãe, trata-se de doação que transcende o maternar. É como se ela estivesse num patamar acima, com uma missão divina, que permite que seja sensível às necessidades de todos à sua volta. Ela vigia e cuida, assim como os anjos fazem. Mas, confesso, o fato de ser filha me coloca numa posição de privilégio, detentora de um AMOR que transborda, chamando atenção dos olhares mais desatentos. Inegável. Ela acabou de sair daqui. Consigo sentir o cheiro dela e imaginar as andanças em cada cômodo da casa, perceber o seu toque nas roupas antes sujas, o aroma de casa limpa, as mamadeiras

lavadas com tanto zelo. Eu a vejo no semblante da minha filha dormindo, com um sorrisinho no canto da boca, de quem teve uma tarde divertida, regada a muito chamego de vó. Na sala, vejo-a nos brinquedos delicadamente empilhados nas caixas, que receberam um lugarzinho especial no canto da parede. E mais, consigo perceber o seu xeretar nos exames da Mel, que ficaram fora de ordem, após a sua minuciosa análise. Sinto também a chama da vela acessa, que, sem dúvidas, foi centro de fervorosas orações.

Ela acabou de sair daqui, mas deixou leveza no ar e boas energias que perfumaram o meu lar. Ela acabou de sair daqui e, no meu coração, um desejo imenso de tê-la novamente. "Ah, minha mãezinha, quão perfeito é nosso Deus, que permitiu essa vivência rotineira e o acalento constante no meu caminhar; saber que a tenho a me cuidar é calmaria no meu viver, no meu maternar". Ela acabou de sair daqui...

VALE NIGHT

Escrito no dia 09 de setembro de 2020, comemoração do meu aniversário e bodas de casamento.

Eu e o meu marido, pai da Mel, ganhamos um "vale night", a permissão de curtir a noite juntos, sem precisar cuidar da nossa pequena. Ontem, no meu aniversário e também aniversário de 4 anos de casados, minha querida mãe nos presenteou: "podem ir, curtam bastante, que eu fico com a Mel". Não que cuidar da Mel seja um problema, um fardo, longe disso. Mas o fato incontroverso é que precisávamos sim, eu e meu marido, respirar novos «ares», estar em outros ambientes, mudar a direção. E foi tão bom, apesar de que muitos assuntos circundavam a nossa vida com a Mel. No final, fizemos um retrospecto de tudo o que passamos durante o primeiro ano dela. Percebemos que, mesmo quando estamos a dois, ainda somos três. Que já somos três e não tem jeito. O meu aniversário foi dividido com a comemoração de bodas de casamento e, agora, depois de mãe, tornou-se apenas um terço da comemoração. Eu, nós dois e nós três. Sou "eu", a "eu esposa" e a "eu mãe". E cada personagem se apagou em si para viver uma unidade, um inteiro novo. Uma grande transformação, que me tornou a mulher que hoje sou. Na conversa, pude escutar de uma forma diferente o olhar do pai sobre as vivências. Fui tocada por falas desconhecidas, que, muitas vezes, não estavam em meu cenário de dor, como, quando na compra do pão pela manhã, ele ia andando pelas ruas, num momento dele com ele, a beliscar o próprio corpo para saber se o que estávamos vivendo era mesmo real, para tentar acordar de uma experiência estranha e não programada. Ao mesmo tempo que narrava tocar o corpo, dizia que flutuava aos ventos, como se estivesse em outro mundo, sem que os pés pudessem tocar o chão. Na compra do pão, o toque com a mão, para sentir que a realidade era aquela não sonhada, para fugir, respirar, buscar respostas e saídas ou apenas chorar. Eram poucos quarteirões de distância da padaria, mas um infinito a ser desvendado por dentro. Da massa crua ao pão quentinho saindo do forno, do caminhar desnorteado até a linha de chegada, da comemoração a um, a dois, até três, da liberdade das saídas até a imperativa de uma rede de apoio, da necessidade do vale liberdade. Da trajetória e da vivência. Do seguir e do se encontrar, de dar as mãos e saborear o planar.

A CIRURGIA

Escrito no dia 14 de outubro de 2020, durante a cirurgia de fechamento da fenda no palato (palatoplastia) da Mel.

Já tive a sensação de ventre vazio, de querer retornar minha Mel para o útero, na tentativa de mantê-la quentinha e protegida. A sensação de hoje foi nova. Senti os braços vazios, o peito aberto e o coração pequeno e acelerado. Algo faltava em mim. Era ela. Sempre ela. Não pude ceder o meu lugar, tinha que ser eu a levá-la ao centro cirúrgico para a primeira cirurgia. Eu, sim, pois não é uma ação que mãe delega. Na verdade, não seria uma função delegada por mim, mesmo morrendo por dentro. Por fora, existia sorriso no rosto e braços firmes. Antes, enquanto esperávamos a chamada, teve até brincadeiras e os mais variados métodos para mantê-la entretida e longe de qualquer pensamento que pudesse lembrá-la que já estava de jejum há mais de 8 horas. Deu certo, mas, com um pequeno atraso da cirurgia, o choro começou. Novas artimanhas foram tentadas, algumas sem sucesso. Então, finalmente, a chamada pela Melina no centro cirúrgico. Eu, que já estava com ela nos braços, abracei o marido, que deu um beijo na Mel, e segui. Fomos de cadeira de rodas do segundo para o primeiro andar. Um caminho de eternidade, mas, aproveitei para conversarmos enquanto ela olhava para as luzes fortes dos corredores. "Filha, lembra da sala que eu disse que você ia hoje? Aquela cheia de pessoas inteligentes lutando para uma melhor qualidade de vida para a gente. Lembra? Chegou a hora". Ela parou para escutar, parecia que entendia. Não tinha lágrimas, mas tinha uma mãozinha a apertar forte o meu dedo indicador.

Engoli o choro e continuei. "Filha, mamãe vai estar aqui fora esperando. Papai também. Você vai estar com as queridas titias Elyne e Natália, e também com os demais médicos, que são super-humanos. Lembra do Dr. Ferreira? É aquele titio legal que você já conhece. Já já termina, filha. Já pensou poder comer tudo sem receio de engasgar? Olha que bênção! Vai sem medo, meu amor. Você é forte! Mamãe vai estar esperando e, quando você menos imaginar, estaremos juntinhas". Ganhei um abraço apertado. Sim, ela entendeu. Entramos no centro cirúrgico e fomos acolhidas de uma forma linda. Pensei: "Filha, são os anjos que Deus manda para gente". A maior coincidência, mimo do Céu, o parentesco com o anestesiologista, Dr. Filipe Lino Bastos, que foi tão carinhoso com a minha Mel.

Ele explicou tudo o que faria, sobre como ela "apagaria", e fiquei ali olhando, segurando as suas mãos. No começo, vi ela se debatendo na maca e, quanto mais agitada ficava, mais alto eu falava que tudo ficaria bem. Quando tudo parecia dentro dos protocolos médicos, quando ela dormia tranquila, eu desabei. Chorei. Assim, como menina pequena. É. Eu sei: já tinha prometido que seria forte no dia de hoje, no dia inteiro, mas não consegui. Desabei sim. Meus braços perderam peso. Estavam leves. Ao sair, acompanhada pela dedicada, competente e querida otorrino Dra. Silvia Bona, procurei a bolsa para carregar, ou o celular, mas eu não tinha nada para segurar. Incontestavelmente, algo faltava. Minhas mãos estavam vazias, meus braços, meu peito. Como podia? Antes, eu estava a carregar algo que me fazia falta, muita falta, até me tocar que não tinha levado nada material no percurso até o centro cirúrgico. O que me faltava era a Mel. Era o cheiro que se tornou parte de mim. Agora, estou aqui, vazia, a esperar preencher os meus braços novamente, com o melhor e mais gostoso abraço do mundo, da minha filha. "Vem, minha menina, meu corpo anseia pelo teu, para ser conforto, para amenizar os traumas sofridos, para cuidar de você, sempre, sempre, sempre...".

LÁGRIMAS ATRÁS DA JANELA

Escrito no mês de outubro de 2020.

As lágrimas que escorrem atrás da janela não são poucas, são lágrimas cansadas de serem contidas, em quantidade necessária para chamar atenção dos olhares à sua volta e a percepção de que existe um coração que sofre e clama. Tampouco são muitas, pois são incapazes de desencorajar os telespectadores. Na verdade, são lágrimas em quantidade suficiente para lavar a alma e, após um curto período, inspirarem novamente ânimo para mais um longo fôlego de ajuda e fé.

Escrevo sobre as lágrimas que vejo brotar nos olhos da minha querida mãe, que, através da janela existente no quartinho da Mel, são sinais de fortes preces.

As lágrimas atrás da janela são aquelas de quem prefere os bastidores, da pessoa que contorna toda a cena, que não aparece no acender das luzes, mas está presente desde a concepção do

ato e disponível para ser a própria luz que acende e ilumina, possibilitando que a vida de fato brilhe, que aconteça. As lágrimas escorrem e regam, não só no interno de quem chora, minha mãe, mas, externamente, sendo capazes de respingar além das barreiras, tocando outros íntimos e trazendo esperanças. São lágrimas de bênçãos. Vão além. Demonstração incontestável de força, fé, humildade e, sem dúvidas, do maior AMOR que pode existir na Terra, aquele que é obra genuína de Deus. É amor de mãe. Mais que isso, é amor de avó, que, como é sabido, sabe sofrer e se alegrar em duplicidade. Hoje, na vivência de um momento doloroso, pude escutar gemidos e ver lágrimas escorrendo atrás da janela do quarto da Mel. Lágrimas que desciam junto a sussurros de preces, que Deus não tardou em escutar. A Mel foi submetida ao procedimento cirúrgico na sua boquinha, para fechar a fenda no palato e, após um episódio de vômito nas primeiras 24 horas, não aceitou mais qualquer alimento e nem mesmo líquidos. Assim, contamos com a ajuda da fonoaudióloga, Dra. Elyne Lacerda e, após longas tentativas de gostos e texturas alimentícias, e, principalmente, com as orações e lágrimas percebidas atrás da janelinha do seu quarto, eis que a primeira colherada entrou em sua boca.

Foram lágrimas que pude sentir e que me conduziram a pensar em outro momento semelhante, tão logo a Mel nasceu. E outro, e mais outro... São lágrimas abençoadas com força de oração forte, que entram sem bater no coração de Deus. Lágrimas que, de tão puras, não precisam de chave para entrar e nem gritos estrondosos para serem percebidas e atendidas. Apenas lágrimas de uma mãe, de uma avó que ama de forma dupla, tripla ou incontável. Que ama de forma incontestável e no maior volume possível de ser mensurado.

Minha mãe é exatamente essa mulher dos bastidores, doação incondicional, que não precisa de palcos e nem de luzes para ser destaque. Ali, do cantinho dela, consegue tocar, fazer a diferença em nossas vidas. Queria poder secar suas lágrimas em todas as ocasiões e, ao secar, prometer que jamais surgirão de novo em cenas difíceis, mas apenas quando os causadores forem os sentimentos de felicidade e de gratidão. Não posso, não tenho nem certeza e nem a força suficiente para tanto. Mas, em contrapartida, posso prometer que, em toda a minha vida, vou ser capaz de perceber esse tão grande amor e ser grata. Serei capaz de retornar com um abraço carinhoso e apertado, de quem sabe ser a endereçada dos maiores e mais puros desejos. E, mais, que além das lágrimas, viveremos sorrisos sinceros e gargalhadas daquelas gostosas de doer a barriga.

Ah.. eu prometo! Isso sim, eu prometo, porque tanto a filha, como a mãe e a mãe da mãe, todas são obras amadas de Deus, que nasceram para, nos bastidores ou no palco da vida, viverem em abundância e felicidade.

O ARTISTA

Escrito em julho do ano de 2020, ainda em meio à pandemia da Covid-19.

O artista se conecta com a arte de forma mais intensa que as demais pessoas. É dom! O artista cria com a entrega pessoal. É sensibilidade! O artista tem o toque e o olhar de desenvolturas naturais. É habilidade! O artista visa a perfeição da obra. É amor!

Eu tenho a união de todas as qualidades no meu artista preferido: meu pai, que enche o meu coração do mais puro orgulho. Em rápida visita à sua casa, deparei-me com o mais lindo quadro na parede, a mesma imagem que se tornou a capa deste livro, e, naquele momento, quis embargar a voz de emoção, mas fui segura e me contive. Quis abraçá-lo em agradecimento, mas posterguei para um futuro próximo, que eu não seja um risco para a sua saúde. Tive que ser firme, e, agora, permito-me chorar de emoção e alegria ao olhar para o quadro pintado, que tanto fala de sentimentos. Ele, meu artista e pai, conseguiu reproduzir o momento de forma mais fiel do que a imagem fotografada. O sentimento da ocasião se tornou palpável novamente. Ao fitar os olhos na obra, mesmo sem a presença física da Mel, sinto o toque das suas mãos no meu rosto. Toque firme e aveludado. Permaneço sem desviar o olhar e começo a sentir o seu cheiro. Creio que, naquele nosso momento (meu e da Mel), havia um observador amoroso, que devorava os nossos gestos e sentia os nossos corações. Talvez ele não estivesse contemplando aquele momento específico, mas, sem dúvidas, participou de outros e soube transcender o invisível para o papel. O invisível se tornou concretude, o que somente o AMOR é capaz de fazer. Gratidão ao meu pai, que preciso dizer que amo infinitamente mais, apesar de ele não concordar com essa afirmação.

FELICIDADE

Escrito no mês de novembro de 2020.

Sobre ser feliz: chegamos aqui! Olha para a gente, vivendo o que considerávamos impossível há meses atrás. Oi, você aí, veja o meu sorriso! É sorriso de alegria. Obrigada, tempo! Quando a Mel nasceu, por diversos momentos, perguntei-me se seria capaz de sentir felicidade. Era tudo tão obscuro. Como ser feliz vivendo tão diferente do sonhado? Eu me perguntava se seria possível. Olhava outras vidas, de pessoas com dificuldades semelhantes ou maiores, e almejava a mesma força e alegria de viver.

Busquei motivos e, agora, tenho me flagrado festejando pequenos momentos, vendo beleza no trivial. É bênção! Tanta coisa mudou em mim e na forma de enxergar o mundo, descobri-me ouvinte de um coração que fala. É o início. Felicidade não é constância, não se iluda. Mas já tenho a resposta que busquei: é possível! Sim, sim! Felicidade é momento (momentos, na verdade). É o apego ao simples, o deliciar-se com o toque no rosto, a brisa quentinha, um leve cheirinho de maresia. É preparar a bolsinha da praia e não ter medo de se molhar no mar. Ir além do que os olhos enxergam. É comemorar o engatinhar e se encher de esperanças aguardando os primeiros passinhos. É saber que ela reconhece o som da minha voz e a força da minha pisada. É sentir, é tocar! É viver, viver! Não deixar a vida passar sem ser, sem estar! Obrigada, Melzinha! Obrigada, tempo!

Audiodescrição
disponível

Parte 3

Cartas da Mel

PARA A VOVÓ NOEMI

Carta escrita no dia 19 de janeiro de 2020, no aniversário da minha avó Noemi.

Assim que acordei, falei: "Sai, mãe, que o textão hoje é meu".

Oi, vovó! Queria dizer que eu te vi... Lá na maternidade, quando todos estavam olhando para mim, eu te vi segurando as mãos da minha mamãe. Eu te vi dando água na boca dela e caminhando até o banheiro diversas vezes. Eu te vi, vó! Eu te vi em silêncio, atrás da porta, rezando e também vi quando escorreram lágrimas dos seus olhos. Só eu te vi! Perto da mamãe, você enxugava os olhos, mudava o semblante e sorria. Eu vi, vó! Eu vi quando saímos da maternidade, lá naquela primeira clínica, quando você olhava pela brechinha do consultório, apenas com o cantinho do olho, sem coragem de entrar na sala. Do lado de fora, segurando as bolsas e o choro. Ali, vó, eu senti todo o aperto do teu coração.

Na tua casa, vovó, que conheci antes da minha, eu te vi arrumando um cantinho especial para mim. Vi preparar o meu banho e acalentar a minha mamãe e o meu papai. Eu te vi, vó, rezando no corredor durante as madrugadas. Eu te vi desabafar com as suas irmãs. Eu vi abandonar o seu lar para ser rocha no meu. Vi arrumar a cama dos meus pais, lavar minhas roupas e até o meu bumbum. Vi também chorar com as amigas do café.

O mais engraçado, vovó, é que, na frente da mamãe, você sempre esteve sorrindo e dizendo que tudo ia ficar bem. Eu te vi falar de Deus. Vi conversar com Nossa Senhora e, de joelhos no chão, fazer uma promessa. Eu senti, vovó, o aconchego do teu amor, o quentinho do teu abraço, o acalento da tua voz e o toque doce das tuas mãos.

Vovó, mesmo sem ainda enxergar direito, pude ver tudo acontecer. E sabe por quê? Porque a visão do coração é maior do que qualquer olhar, o sentir supera qualquer sentido. A força do AMOR é a mais poderosa. Você foi calma na tempestade; engoliu choro e fingiu sorrisos. Hoje, vozinha, peço que olhe para mim... Olhou? Conseguiu sentir? Eu cresço no amor e você, vó, é a antecessora de tudo o que vivo. Você é luz, minha paz, meu sentido, entrega e amor. Amor infinito!

Obrigada, vovó! Feliz aniversário!

PARA O PAPAI

Carta escrita no dia 27 de março de 2020, no aniversário do papai.

Sai, mãe! Hoje mais uma vez o texto é meu. Quero falar sobre o homem mais importante da minha vida, meu pai. Oi, pai! Hoje é o seu aniversário. Tenho tanto para escrever, para agradecer... Quero fazer você se orgulhar por ser tão especial. Quero que tenha orgulho de você, porque eu tenho.

Pai, sei que o dia em que nasci foi o mais difícil na sua vida. Sei que, ao nascer, eu trouxe muitos sentimentos de insegurança, que você e minha mãe tiveram que lidar com o novo e nunca imaginado. Mas, pai, quero dizer que você está sendo nota MIL nessa função tão especial. Que eu não poderia ter um pai melhor, mais presente, dedicado e amoroso... Pai, eu vi os seus olhos angustiados ao me ver pela primeira vez, mas também senti muito AMOR! Todos os dias, vejo superação e vontade de ser melhor! Pai, Deus escolheu você para mim, porque sabia que eu precisava de você, assim, do jeitinho que é... E, basta, papai!

Paizinho, não tenho dúvidas, o senhor é o melhor para mim. Sei que o seu maior desejo é a minha felicidade e posso dizer:

já sou feliz! Tenho muito amor e acalento... Pai que é colo no choro, que me acompanha em todas as consultas e exames desde quando eu estava na barriga da mamãe. Pai que participa, que abraça, que mima, que brinca, que também sabe dar o leitinho, fazer dormir e, sem dúvidas, tem o gingado mais gostoso para me acalmar. Ah, e dá o melhor banhozinho. Pai que já me ensina valores e a importância do amor.

Fica tranquilo, papaizinho, sei que, juntos, venceremos todas as barreiras. Obrigada por tudo, meu herói! Hoje tem muito chameguinho! Amo mais que banana com mamão.

Audiodescrição
disponível

Parte 4

Cartas da Mamãe

PARA A MEL

Carta escrita no mês de junho de 2020.

Oi, filha! Quero contar sobre as mudanças que a sua chegada aflorou no meu viver, sobre as transformações no meu ser. Sua vida trouxe inquietação ao meu coração. Não sabia como receber uma criança diferente, imperfeita aos olhos de tantas pessoas. Isso mexeu comigo, com toda a minha história de vida, com o orgulho e a vaidade, com as minhas expectativas e os meus conceitos estagnados. Você chegou e, sem pedir licença, rasgou a minha alma, para me mostrar, diariamente, que são os pequenos detalhes que fazem da vida uma verdadeira imensidão.

Outra noite, após sugestão de uma tia querida, perguntei a Deus como Ele a enxerga. Recebi, constrangida, a resposta de forma clara ao meu coração. Você é luz e perfeição, minha menina, e veio com um lindo propósito de transformação, de mudança de valores, de possibilitar que eu viva as promessas de Deus e que seja feliz em abundância e plenitude. Melzinha, você fez eu me voltar para o íntimo e perceber que não posso ser nada menos do que grata, mesmo nas dificuldades diárias, pelo presente lindo que ganhei, que é você.

Hoje, ainda quando em dor, consigo ter uma visão positiva de futuro e a ciência de que, juntas, realizaremos coisas grandiosas. As chaves que abrem as portas são: fé, amor e gratidão. Busco conhecimento, quero ser melhor para merecer você todos os dias. Você, Mel, que transborda pureza e amor, que é a semente plantada por Deus na minha vida, para crescer e germinar tocando outras vidas. Tão bom sentir que, nessa "jornada do crescer", podemos ser pontes em outras caminhadas. Hoje, consigo me apresentar em nudez, sem qualquer receio ou escudo, porque sei da força do bem e da cura, da minha cura. Da cura do meu olhar. Tudo graças a você, filha.

PARA A TIA GAL

Homenagem no Dia das Mulheres – 8 de março de 2020.

É dia de homenagear as mulheres. Eu teria muitas mulheres para homenagear, mas optei por escolher apenas uma. Ela é realmente uma grande mulher e merece, na data de hoje, a homenagem todinha para ela: Galbéria, nossa Gal. Confesso que eu sempre a admirei, mas posso dizer que, agora, o sentimento ultrapassa a admiração. Vai além. Mulher forte, mais que uma profissional batalhadora. Mulher! A sua história de vida já demonstraria parte do que eu quero repassar aqui. Mas... vai além.

Ela não é só a mulher que saiu de uma cidade com os filhos gêmeos e um marido e ganhou outro estado. Não é só a mulher que prosperou segura, firme, forte, sem nunca perder o humor e o sorriso encantador. Na minha vida, posso dizer que ela foi além. Ela é mais que a esposa do meu primo. Ela fez parte de muitos momentos do meu viver, mas, atualmente, é uma das personagens mais marcantes do capítulo mais difícil, tornando-o mais leve e possível de viver. Com ela, a gente sorri das dificuldades. Ela é aquela que traz o sorriso nos momentos mais desesperadores. Foi a dona de muitos telefonemas e mensagens desde que a Melzinha nasceu e, mesmo morando distante, fez-se pertinho.

A Gal, além de estar por dentro de toda a nossa rotina, participou ativamente. Ela deu a botinha ortopédica da Mel e se fez presente nos looks mais lindos e descolados. Melzinha ganhou todos os tipos de lacinho e até turbante da estilo Zoe (filha da artista Sabrina Sato), como mencionado por ela. Na nossa viagem a São Paulo, ela esteve presente em todos os momentos, TODOS! Das consultas e exames aos passeios e lanches. Os momentos angustiantes ganharam cor, aconchego e amor. Ela foi o sorriso, a força, o choro e o abraço. E eu já estou aqui me debulhando em lágrimas só de lembrar de tudo e pensar em tanta doação. Ela deixou a família dela para me ajudar a cuidar da minha Mel durante todos esses dias, quando eu me sentia perdida, sem saber se as minhas expectativas seriam superadas, angustiada com tudo o que estava por vir, com o resultado de tantos exames e as consultas. Gal, você não existe! Você foi mais que o Uber, que os lencinhos para limpar a Mel, que os presentinhos no meio do dia, sapatinhos, kits fofinhos de bebê, mais que os registros.

Você deu um toque especial em todos os momentos. Você foi a piada gostosa no aguardo de uma consulta importante. Foi o lanchinho na espera de um exame angustiante. Com você, a gente aprende a rir dos problemas, a vida ganha uma leveza inimaginável. Em mil vidas, não conseguiria agradecer tanta doação e desprendimento. Você, após sofrer uma tentativa de assalto, em poucos minutos estava renovada e pronta para continuar se doando. Você é doação e amor! Você é uma mulher linda, que vem me ensinando muito sobre desprendimento, presença, bondade, nobreza, família e amizade.

Parabéns por ser essa mulher tão linda e obrigada por tudo! Que Deus maravilhoso esse, hein? Através de um primo, Ele traz alguém assim para a nossa vida. Nossa, que Deus maravilhoso! A minha homenagem hoje só pode ser para você.

PARA A TIA NAT (FISIOTERAPEUTA VISUAL)

Carta escrita no mês de fevereiro de 2020.

Há dias que estou com ela na minha cabeça (e não tinha como ser diferente, desde que a Mel nasceu, a gente se encontra, no mínimo, 3 dias na semana e o contato pelo WhatsApp é quase que diário). Esperei ter um momento de inspiração, mas não chegou e, então, pensei: Não preciso de inspiração, basta deixar a memória falar. "Ela" é a tia Nat, fisioterapeuta visual da Mel; e a primeira frase que me disse foi: "Eu conheço esse semblante e entendo a sua dor. Para começar, vou dizer que meu filho tem hidrocefalia e, na vida, tudo tem jeito. Além de profissional, sou mãe, e vou fazer tudo o que puder pela sua filha". Pronto, eu até poderia encerrar o meu texto aqui e vocês já saberiam o ser humano incrível que Deus colocou no meu caminho, precisamente no dia 12 de julho de 2019, com 17 dias de vida da minha Melzinha.

Mas tem muito mais. A tia Nat me apresentou, com muito tato, compaixão e amor, a um mundo totalmente novo. Eu, recém-mãe, com uma bebê com deficiência visual, sem nunca ter o mínimo de contato ou vivência com algo sequer parecido. Ela foi, sem dúvidas, um grande porto seguro. Segurou a minha mão e me fez acreditar que eu não estava sozinha no desenvolvimento da Melina. Ela abraçou a minha filha. E também me

abraçou! Chegou de mansinho, conheceu o cantinho da Mel, visitou o nosso lar. A tia Nat possibilitou as terapias, desde a facilitação financeira até os ajustes de horários; foi ombro em diversos momentos. Deu leitinho, foi colinho e (desculpa, tia Nat!) já foi usada até de penico da Melzinha.

Há quem diga que, no "episódio do cocô", a Mel estava "descontando" ser feita de "massa de pastel" desde que nasceu. Brincadeira à parte, só Deus sabe o quanto doía acompanhar as terapias e ver a Melina, com menos de 1 mês de vida, em cima da bola ou fazendo rolamento, chorando com sono. Ela só queria o quentinho de um colo, o aconchego do bercinho. Eu me sentia péssima por privá-la de alguns dos maiores direitos do recém-nascido: comer, dormir, xixi, cocô e AMOR. Doía muito! Com as pequenas conquistas, vejo agora o quanto foi importante começar cedo e com uma profissional tão dedicada e especial. Não faltou amor, não faltou o carinho que ela merece. Sobrou força para crescer.

Hoje, ainda choro, mas orgulhosa do caminho árduo que traçamos. Hoje, agradeço a Deus pela tia Nat e pelos outros anjos que ela nos apresentou. Um dia, a Melzinha vai ter a minha mesma gratidão, quando eu contar todo o percurso. Quando ela puder OLHAR o álbum de fotos, constatando o quanto é guerreira e amada, pois, enquanto os outros bebês dormem, a gente caminha, caminha, caminha e escreve a história da Mel, com força, luta e superação. Sei que não é fácil, mas, lá na frente, será possível andar com calma, sentir a brisa no rosto e contemplar todas as belezas da vida. Tia Nat, obrigada por fazer parte da nossa história.

Carta escrita para a primeira fisioterapeuta da Mel, mas sentimento de gratidão extensivo a todas as profissionais que fizeram e fazem parte do seu percurso, que dedicam tanto amor no seu desenvolvimento. Aqui, válido citar as profissionais de corações grandiosos e muito humanas Wládia (Terapeuta Ocupacional), Lila e Camila (fisioterapeutas motoras), que acompanham atualmente a Mel; além da Leide e Nayara (fisioterapeutas motora), que acompanharam também o início da trajetória, junto com a tia Nat, e a Elyne (fonoaudióloga), mais um anjo em nossas vidas, com a enorme dedicação durante a introdução alimentar da Mel e no período da preparação para a cirurgia do palato.

Audiodescrição
disponível

Parte 5

Cartas de Aniversário

DA MAMÃE PARA A MEL

Carta escrita no dia 23 de junho de 2020, data anterior ao aniversário de 1 aninho da Mel.

Filha, um dia você vai ler essa cartinha. É para você! Hoje, você faz 1 ano de vida, e, nessas últimas semanas, ando bem nostálgica, trazendo lembranças à mente. São memórias de momentos nossos, do quanto já vivemos e superamos. Da dor à ciência da possibilidade do sorriso.

Na maternidade, no dia 24 do ano passado, segurei você pela primeira vez, eram 3.285kg de um amor tão puro. Foi tudo novo para a mamãe, minha menina. Eu não conseguia decifrar meus sentimentos, se medo, se insegurança, se euforia, se tristeza ou alegria. Talvez tudo junto.

Você sabe, filha, já contei que, logo no seu início de vida, precisei pintá-la de forte na minha cabeça, para me permitir ser impotente. Uma mãe que não consegue amenizar as dores de um filho. Precisei imaginar você forte para não me sentir tão fraca. Eu via a fragilidade de um bebê recém-nascido com uma capa de fortaleza. E, quer saber, você vestiu tão bem a capa que se transformou na própria força. Era você, Mel, que apertava o meu dedo com firmeza e me dizia, mesmo sem palavras, que tudo ia passar. Foi assim no seu primeiro exame com três dias de vida. Eu, chorando, e você firme, ali, nos meus braços, apertando os meus dedos e sentindo as lágrimas que caíam dos meus olhos em seu corpinho. Você não chorou, filha. Você ensinava a minha primeira lição. Chegou e me transformou. Você fez a minha impotência transbordar e eu tive que ter uma fé cega para sobreviver aos difíceis dias que passamos.

Na sua segunda semana de vida, tivemos que voltar ao hospital, você teve icterícia e precisou ser internada. Mais uma vez, vi-me impotente e senti a rocha que é você. No retorno para casa, na alegria em tê-la de volta, ensaiamos juntas alguns sorrisos no espelho, mas tudo era tão superficial e obscuro, a dor ainda dominava. Nossa rotina era bem intensa e praticamente não parávamos em casa. Entre uma consulta e outra, uma terapia e outra, eu fingia viver uma falsa normalidade. Eram tímidas fotografias suas e comemorações de "mêsversários" com a família e muita oração. Não tinham temas de princesas, heroínas ou frutinhas. Optamos por chamar Nossa Senhora, Papai do Céu e toda a corte celeste. A mamãe, que sonhou com book e

temas variados de festinhas, vivia o simples e diferente. Foi aí que veio mais um ensinamento: a beleza da simplicidade. Passei a valorizar tantas coisas com você, Melzinha. Você me ensinou a importância do toque, do cheiro e o enxergar com o coração. Sua visão sempre foi uma incógnita para a gente, e tive que aprender também sobre paciência e resignação.

Quero que saiba que eu não descansei até fazer tudo o que podia e ter a certeza de que só resta mesmo esperar. Eu sonhei amamentar você, olho no olho, como escutei de tantas mãezinhas. Imaginava que um dia difícil podia ser esquecido no momento "mãe-filha", com olhares. Não tivemos isso, minha menina. Tive que me contentar com a espera de algo que fosse ultrapassar as minhas expectativas de mãe. Vivi um dia após o outro. Os dias eram intermináveis e não tinha o consolo que imaginei, da nossa interação prematura. Minha fé teve que ser grande e crescente.

Viajamos para São Paulo – na busca de um diagnóstico preciso – e voltamos com algumas respostas e outras dúvidas, mas com a certeza de que, na medicina, tudo foi feito com maestria e nos resta aguardar em Deus. É Papai do Céu quem dá a palavra final, é Ele quem nos acompanha em todo o percurso. No dia 30 de agosto de 2019, em um momento de oração, vivemos algo surreal e indescritível. Ali, naquele dia, você recebeu a visão, através do toque das minhas mãos. Não tenho dúvidas, a partir dali você passou a enxergar com os olhos, não apenas com o coração. Lembro de te falar: "Filha, tome posse, que Papai do Céu veio visitar você". Aconteceu, estamos apenas aguardando o momento de toda manifestação, no tempo do Pai.

Você, filha, chegou ensinando a ser forte, transformou a minha vida e o meu coração, de toda família e muitos amigos. É bênção de Deus, luz que ilumina! Você tocou tantas pessoas, Melzinha, e muitas delas relatam sonhar com o desabrochar dos seus olhinhos. Para mim, são mensagens que reforçam o que já sei dentro de mim.

A aceitação não é fácil, filha, mas Deus vai moldando os nossos dias e tudo se torna menos doloroso. A gente ganha maturidade para enfrentar alguns desafios. A mamãe que já sonhou com você tranquila no bercinho, sem ser incomodada com as "obrigações" de uma criança atípica que possibilitem o seu desenvolvimento, hoje percebe o quanto foi válida cada etapa ultrapassada. De forma tardia, mas com o melhor gosto do mundo, pudemos vivenciar aquele momento esperado de nós duas, mãe e filha. Atualmente, tem alegria todos os dias, nem que seja por um curto período. Você me aperta, me cheira e segura as minhas mãos de uma forma única. Sinto todo o seu amor.

Já tivemos também aquele momento sonhado dos olhos nos olhos. Você viu a minha alma e o meu coração que pulsa por sua vida em cada uma das batidas. Tanta coisa já passamos, filha, momentos difíceis, mas necessários para transformar sentimentos e ressignificar conceitos. E se fosse preciso viver tudo de novo? Eu viveria, na esperança de colher os mesmos frutos: seu sorriso, seu toque, seu cheiro e o seu grande AMOR. Sei que você me escolheria de novo como sua mãe, eu sei! E isso já é suficiente para acalentar meu coração, para ter gratidão. Você é minha e não poderia ser de mais ninguém. Para sempre, é meu coração que pulsa fora do peito e eu sou capaz de dar a minha vida pela sua; como Jesus fez por nós, Melzinha.

Vamos seguindo, filha, colhendo os frutos dessa caminhada, que é cheia de espinhos pelo percurso, mas também tem muitas flores e beleza. Hoje, comemoramos o seu aniversário no Jardim da Mel, para mostrar tantas belezas que nos cercam.

Amo você, mais que a mim mesma. Sua mãe, Marcela.

DA MADRINHA PARA MEL

Carta escrita na semana do aniversário de 1 ano da Mel, em junho de 2020.

A vida nos tirou para dançar sem dar tempo de recusarmos o convite.

Aconteceu assim. Na manhã de 24 de junho de 2019 era chegado um momento muito planejado e aguardado. Surpreendendo a todos, esse momento chegou com alguma tensão no ar. Éramos apenas nós e um Deus que esteve, surpreendentemente, segurando o tempo inteiro nossas mãos.

E assim você nasceu no nosso lar, na nossa família, sem pedir licença e com uma força inesgotável de amor, calma e ternura. Seus pais naquele dia nasceram novamente, sim... De pequenos viraram gente grande, sempre ajoelhados e acreditando nos desígnios que Deus tinha para a vida deles. E vieram as consultas. Era uma atrás da outra e sua mãe, minha linda irmã, escondeu a dor do resguardo debaixo do travesseiro se atirando como uma leoa para cuidar de sua cria.

Pouco a pouco, as portas iam se abrindo, consultas com profissionais requisitados aconteciam em tempo recorde, agendas de médicos eram criadas, grupos de WhatsApp para saber cada diagnóstico, ajuda financeira aparecendo, o vento soprando a favor. A coragem de continuar lutando não nos faltava e a fé nos carregando no colo. Afinal, era o que nos restava... Nos abraçamos dia após dia nos pequenos milagres, os mais surpreendentes, o exame ósseo intacto internamente, o palato da fenda com 1 ano e meio resolve, o aparelho auditivo sendo aprovado pela Unimed – algo que parecia irreal, após várias negativas do plano – e as bençãos sendo alcançadas em doses diárias. Mel tem baixa visão e assim fomos construindo e ressignificando os nossos dias desde o amanhecer até o anoitecer. Foram orações mensais, seus "mêsversários" divididos entre celebrações, terços e esperança. E você, Melzinha, nesse turbilhão de acontecimentos foi crescendo sapeca, determinada e valente.

Certa vez, lembro de estar sentada na cadeira de balanço, com os olhos fechados, cheios de lágrimas, rezando o terço com você dormindo no meu colo, e, para minha surpresa, me deparo com sua mãozinha acariciando meu rosto. Era como se me dissesse "calma, madrinha, tudo vai passar!". Naquele momento, tive mais ainda a certeza do quanto você era especial nas nossas vidas. E passou, meu amor, passaram as angústias, as dores, claro que existem preocupações com o seu amanhã, com seus estímulos, mas Deus estará sempre conosco nos amparando e acalentando.

Ah, Mel, confesso que em minhas orações pedia que Deus nos capacitasse para sermos dignos de você, que aprendêssemos como cuidar de você e enxergar o mundo com as suas lentes. Sua mãe está PhD nesse quesito. O Papai do Céu a capacita todos os dias, por muitas vezes ela discutia com os médicos com uma propriedade tão grande que era de assustar. Ela dizia ser fraca, mas sempre incansável. Seus pais desabaram em alguns momentos, tiveram choros e desespero, mas se ergueram sempre junto com o amanhecer, enxugaram as lágrimas e continuaram firmes na fé e na árdua rotina das noites em claro, das fisioterapias diárias e dos pulos constantes.

E assim você foi crescendo, se desenvolvendo e as angústias sobre seu desenvolvimento desaparecendo. Você mostra que dá conta, começa a se virar, se sentar sozinha, segurar sua própria mamadeira de leite e água. Nossa sapeca Mel vai mostrando o ar de sua graça de uma maneira alegre e divertida. Não é fácil manter a fé quando a vida vira de cabeça pra baixo. É preciso foco na esperança, respirar fundo e seguir. É aprender que não controlamos nada, que nossos passos são conforme a vontade de Deus.

Passaram 365 dias. Para muitos foi rápido, mas só Deus sabe o quanto tivemos passos lentos. Ressignificar não foi processo rápido. Aceitar que nada acontece por acaso, não questionar esse Deus e aceitar o presente. Por muitas noites, houve desespero na solidão de quem não entende nada. Quando somos imaturos, perdemos o controle com facilidade. Depois a própria vida ensina e o tempo mostra. Ah, o tempo! Fomos crescendo na fé, crescendo um pouco a cada tombo, não foi e nem é fácil. Eu sei e você também sabe, mas uma coisa é certa: quando a gente se dedica a agradecer mais, aprendemos a reclamar menos dos machucados e cada cicatriz vira superação. E foi através do amor que nos agarramos na fé em meio à tempestade. Ela nunca nos decepcionou e nos abandonou, apesar das turbulências. Seus pais se tornaram gigantes, aprenderam o jeitinho do leite, da comidinha, a forma como você gosta de dormir e pular. Neste ano, caímos muitas vezes, nos quebramos e falhamos, mas aprendemos a nos levantar, reconstruímos e superamos. Hoje, a palavra de ordem é gratidão. Deus agiu nas nossas vidas de uma forma linda. Ele trabalhou incansavelmente. Recebemos a Mel do jeitinho dela e amamos cada pedacinho. Seu sorriso nos contagia e a energia de seus incansáveis pulinhos nos mostram sua vontade de viver com toda alegria que a vida pode dar.

Rogo a Deus que continue no nosso caminho, nos capacitando nessa linda missão. Não direi que estamos completamente curados e fortes, porque há um caminho longo e desafiador ainda pela frente. Mas a certeza de que Deus nos fortalece a cada etapa vencida e construída nos conforta a alma.

Hoje, os parabéns são da Mel, mas não podemos esquecer de parabenizar minha linda irmã e meu cunhado, tão guerreiros, dedicados e amorosos. Eles aceitaram o convite de dançar a música e estão dando um show à parte. E quando vocês se cansarem de serem fortes todos os dias, podem chorar, estaremos sempre aqui. Irmã, quantas vezes você chorou e disse ser incapaz, que poderia parecer forte, mas era frágil e tinha medo. E olha o que você se tornou?! Uma mulher forte, não importando da onde iria tirar essa força. Se era no acaso do improvável, se era dentro da certeza da fé, se era no abraço de uma poderosa amizade ou no choro da solidão do próprio quarto. Cada texto escrito por você nos mostra o quanto abraçou sem medo a todos os desafios. Sei bem dos nós na garganta a cada consulta, o aperto no peito, as lágrimas de madrugada. Você aprendeu a aquietar a ansiedade e entregar nas mãos de Deus o amanhã. Você venceu a dor na coragem. Tiveram dias que queria desistir, cansada, mas quando via a Mel percebia que valia a pena tentar mais um pouco. Ser forte, era isso que a vida pedia. Afinal de contas, a estrelinha da vitória tem que brilhar. Toda tempestade tem começo, meio e fim. Na viagem para São Paulo – novamente em busca do melhor para a Melzinha –, continuou caminhando, seguindo em frente, vencendo um dia de cada vez. Suportou o peso das dores, amadureceu e ganhou asas. Você, e todos nós, aprendemos a agradecer independente do que aconteça, das vitórias ou derrotas, dos tropeços e sorrisos. Agradecer pelo propósito que vem do alto. As respostas só chegam com o tempo. E elas vêm com o entendimento de que as coisas nem sempre surgem conforme o planejado. Quando a gente percebe que não perdeu, mas ganhou a oportunidade de sermos melhores. Quando a gente percebe que os problemas só surgiram pra fortalecer a nossa caminhada. Parece clichê, mas Deus sempre sabe o que faz. Só nos resta aproveitar para aprender e manter sempre viva a nossa fé.

Foi um ano difícil, tenso, mas também repleto de realizações. Nas lembranças guardaremos as lições. Agradecemos a todos que eternizaram esse primeiro ano da Mel em um gesto, um abraço ou uma atitude de carinho. No coração, fica a gratidão. Gratidão por todos que fizeram e fazem parte dessa história. Tivemos momentos de alegrias que nos ajudaram a ultrapassar as diversas turbulências. Agradecendo em especial à nossa família e aos amigos que reforçaram o verdadeiro sentido da palavra amor. Esse amor que por muitas vezes nos fez recuperar o fôlego e começar do zero.

E chegamos até aqui confiantes dos propósitos de Deus. E no tempo Dele. Acalmando nosso coração. Com a certeza de que, na hora certa, tudo vai ficar bem. Que Deus, na sua imensa sabedoria, continue nos protegendo, guiando e abençoando nossos passos. Que a Mel continue crescendo em sabedoria, estatura e graça. Que possamos nos alegrar com cada pequena grande vitória. Que Maria interceda pela sua vida. E o maior desejo da madrinha é que você, Mel, seja muito, muito feliz. Você trouxe sol para as nossas vidas, ressignificou nosso conceito de felicidade. Nos preencheu com o real propósito da vida. Obrigada, meu amor, por ter nos escolhidos como sua família.

Flor, um dia você falou que essa batalha era sua. Sua e do Fabrício. Que as pessoas estariam perto por algum momento, no início, talvez, mas que vocês estariam sozinhos. E eu sempre disse que estaria ao seu lado em todos os momentos. Sei que nem sempre terei o melhor conselho, as melhores palavras, mas com toda certeza o melhor ombro, o melhor abraço e a melhor oração. Já passou 1 ano e olha... Olha à sua volta... Lembra que você disse que estaria só? Olha de novo e vê quantas pessoas estão à sua volta te apoiando com uma palavra amiga, te confortando, te abraçando e emanando as melhores energias. É, irmã, hoje você não está só e, ao contrário, aumentou a rede de apoio, aumentaram os grupos, os amigos para acolher e ajudar. E vocês nunca estarão sozinhos. Ainda tem o nosso Deus. Lembra Daquele Deus que nunca nos abandona? Pois é. Ele esteve e está sempre ao nosso lado.

Amamos muito você!

DA MADRINHA DE CONSAGRAÇÃO PARA MEL

Carta escrita no dia 24 de junho de 2020, data do aniversário de 1 aninho da Mel.

Melzinha, hoje essa mensagem é para você. Grave bem essa voz porque você ainda vai ouvi-la por muitos anos. Você pode me chamar de tia Regina, vovó Regina ou Dinda Regina. Saiba que você é um presente de Deus em nossas vidas. Há um ano, você chegou chegando como se nos dissesse: " - oi, gente, já cheguei". Fez um alvoroço danado e transformou as nossas vidas para sempre.

Você é uma criança muito especial. Já nasceu forte, guerreira, foi à luta muito cedo sem vacilar e se determinou que seria alegre e feliz. E será, com certeza.

Melzinha, a sua vida nos inspira a sermos pessoas melhores, a termos esperança quando tudo está difícil, a termos fé quando tudo parece impossível e a sabermos esperar sempre em Deus. Mas lembre-se de uma coisa: "o tempo de Deus nem sempre é o nosso tempo. Então, tenha muita paciência".

A mamãe Marcelinha e o papai Fabrício são pais extraordinários e a amam incondicionalmente. Eles serão sempre a sua fortaleza e o seu porto seguro. Você tem uma rede bem grande de amor que a envolve, você nem pode imaginar o tamanho. São os vovôs e as vovós corujas, os padrinhos e as madrinhas babões, os titios e as titias sempre presentes, os priminhos e as priminhas que a amam com paixão, os amigos que rezam por você e os amigos dos amigos que torcem por você.

Hoje rezei muito. Pedi ao Papai do Céu que a colocasse dentro do Sagrado Coração Dele e pedi também à Mamãe do Céu que a envolvesse no Seu manto de amor.

Eu estarei sempre por perto, Melzinha, para te dar força quando você precisar, para te dar as mãos quando você quiser segurá-las, para aplaudir você em todos os momentos, nas suas conquistas, nas suas vitórias, nos sonhos alcançados, que tenho certeza de que serão muitos. Você terá muitos desafios pela frente, mas com certeza encontrará força, determinação e sabedoria para superar todos eles. Não se esqueça de que a fé será fundamental nesse processo. Ela é o nosso sustentáculo, especialmente em tempos difíceis. Amo você, menininha, de todo o coração. Feliz aniversário!

Agradecimentos

A escrita deste livro aconteceu de forma natural, sem qualquer pretensão inicial de compilar ou mesmo publicar. Quando sentia vontade, pegava caneta e papel, ou mesmo abria o "bloco de notas" do celular, e deixava os sentimentos fluírem. Assim, fui escrevendo trechos, que se tornaram contos e capítulos. Alguns textos foram escritos e publicados no Instagram @contosdemel junto com fotos. Outros são inéditos e não estão presentes nas redes sociais. Todos foram elaborados com sentimentos que brotaram diretamente do coração.

Eu sempre gostei de escrever e mantive diários de cabeceira, então redigir não foi difícil. Eu só fui externando os sentimentos da minha vivência. Existiam dificuldades no sentir e internalizar tantas mudanças em minha vida, mas não em transformar palavras e sentimentos em livro.

Reconheço que, apesar de o livro ter apenas um escritor, no caso eu, ele possui diversos autores, não autores de redação, mas das muitas vivências que foram relatadas. A principal autora, sem dúvidas, foi a Melina, minha filha Mel, a quem agradeço pela vida, que tanto me fez crescer intimamente. Como já descrito de forma abundante nas páginas deste livro, Mel é a minha fortaleza, a minha busca incessante de fé e a minha gratidão aflorada.

Diversos outros foram essenciais para as narrativas, cito a minha família e a do meu marido, todos os médicos e fisioterapeutas que passaram pela vida da Mel, além dos amigos, dos amigos dos amigos e das pessoas que tive a oportunidade de fazer lindas trocas de informações e consolos nas redes sociais.

Agradeço também, em especial, ao Márcio, meu irmão e redator, por se disponibilizar a ler toda a obra e fazer as correções pertinentes. Além da parte da concretude do livro, agradeço pelos momentos de amor junto à Melina, memórias que ficarão enraizadas.

Agradeço ao meu pai, Rômulo, meu eterno herói, por emprestar o seu dom artístico à minha obra, fazendo a mais linda capa de livro e diversos outros desenhos internos, com tanto amor e sensibilidade, que só ele poderia dedicar ao livro. Agradeço todas as pessoas que me encorajaram na escrita, antes mesmo de eu pensar em compilar os contos, em especial a minha querida mãe, mulher sensível, que se orgulhava de cada texto e saía compartilhando com as amigas. Agradeço aos dois, pai e mãe, também pelo companheirismo, pela amizade e por cuidar tão bem da minha filha.

Agradeço ao meu marido, Fabrício, por ser um companheiro lindo e um pai exemplar, grande orgulho para mim e para a Melina. Por ser amigo, confidente e atuante em todas as questões e necessidades familiares.

Agradeço ao meu irmão Mateus, por mostrar que sempre estará ao meu lado, nas alegrias e também nas dores, pela proximidade desse último ano, por ser colo e por ajudar na construção de muitas memórias positivas, e a minha cunhada, Wanessa, pelo carinho, preocupação diária e por ser apoio incondicional a todos os meus projetos de vida.

Agradeço a minha irmã Melissa, tia e madrinha, tão dedicada, por ser presença irrestrita na minha vida, que, tamanha a importância, ganhou um conto tão especial e cheio de amor; e o meu cunhado e padrinho da Mel, Omar, pelo seu olhar carinhoso para com a Mel, por ser força e presença, pela sua cumplicidade e vontade de sempre fazer o melhor por nós.

Agradeço aos meus sobrinhos Lucas, Bernardo, Isis, Luísa, Talita e Lara pela pureza no olhar, por tanto nos ensinarem sobre o amor de criança.

Agradeço meus sogros e cunhados Jamile, Fabiano, Francelino e Alessandra, por se fazerem presentes, mesmo em distância física. Por se importarem com a nossa história e serem disponíveis e amorosos.

Agradeço a todos que foram mencionados no conto Rede de Apoio, em especial as "ARRUDETES", e os outros que, apesar de não terem seus nomes especificamente citados, sabem que lá estão presentes, dada toda a ajuda que nos dedicaram, sendo alvos de extrema gratidão.

Agradeço a minha querida tia e madrinha Regina, também madrinha de consagração da Melina, por engrandecer as páginas do livro com a sua cartinha, feita para a Mel no seu primeiro aninho de vida, o que demonstra que sempre está presente nos nossos momentos.

Agradeço a Jeanne Brasileiro, mencionada no segundo conto, por tanto conversar comigo sobre a importância da publicação dessa obra na vida das pessoas, em especial de

mães. Por acreditar que eu poderia (e deveria) levar luz a diversos lares com a minha história.

Agradeço todos os médicos, terapeutas, fisioterapeutas, fonoaudiólogas que nos ajudaram durante toda a caminhada até aqui, possibilitando o desenvolvimento da Mel em toda a sua plenitude.

Agradeço a Arya, minha cadela e "filha primogênita", pelo companheirismo e presença durante os momentos que redigia algumas páginas.

Agradeço a minha avó Malourdes, *in memoriam*, por ser meu maior exemplo de fé, e a minha prima Vivi, *in memoriam*, por me ensinar tanto sobre fortaleza nos momentos de adversidades.

Agradeço você, leitor, que se interessou em conhecer a nossa história e disponibilizou um tempo para ler essas páginas, para chorar, orar e rir um pouco ao nosso lado.

Lembro que, em cada foto postada nos @contosdemel, existem elogios aos textos e cobranças da feitura de um livro. Eis aqui, o que todas essas pessoas me ajudaram a construir. Mais um agradecimento.

Por fim e, sim, mais importante, agradeço a Deus, pois, sem Ele, nada seria possível. Sem Ele, não existiria a minha preciosa Mel, não existiriam motivos para tantos contos e nem uma história de vida transformada.

Audiodescrição
disponível

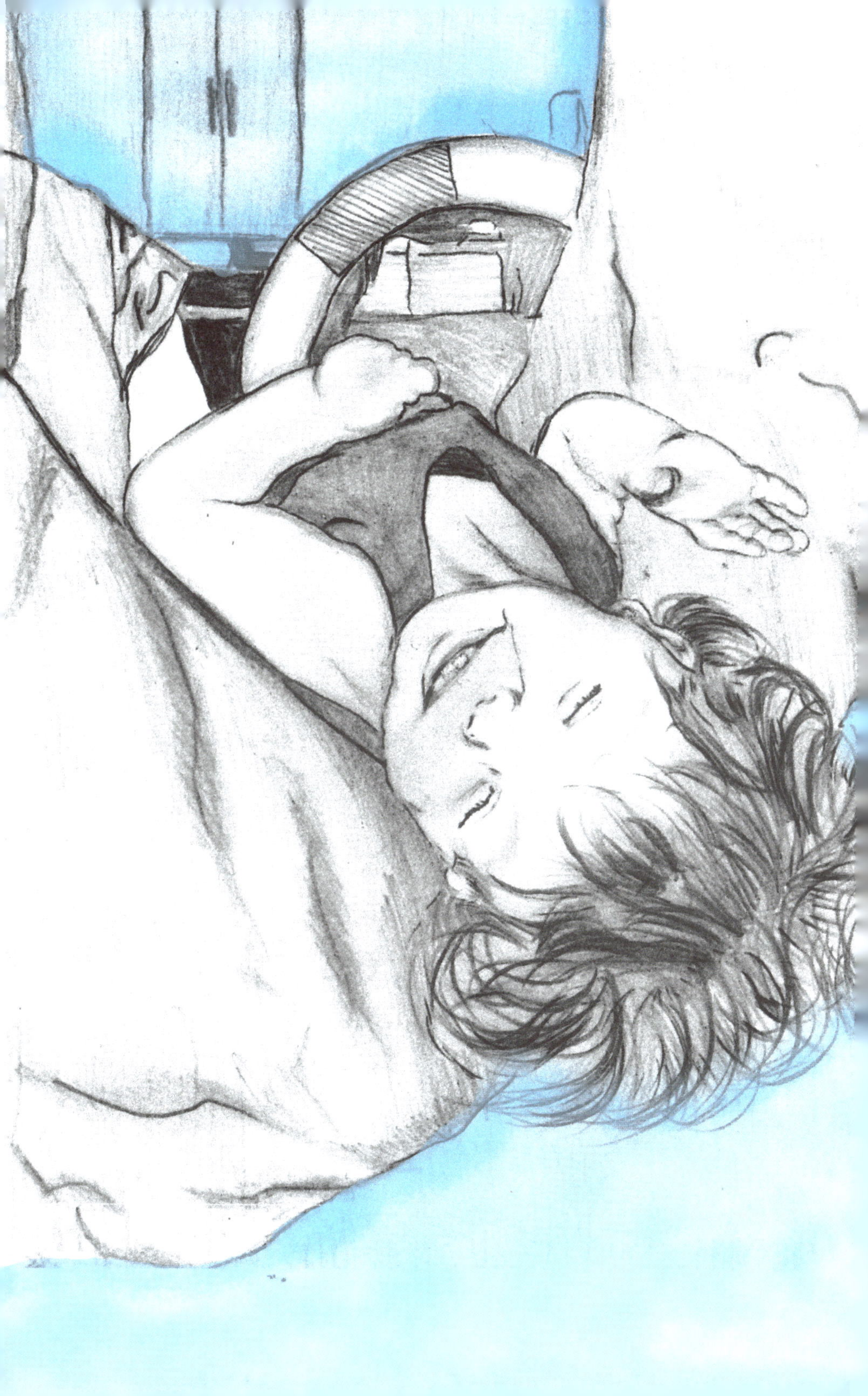